学校一の美少女には、
裏がある。
JN035070
113
732
#RIKA #見せ #裏垢女子
散々お世話になっているエロ系
裏垢女子の正体が
@URAAKASAN
クラスのアイドルだった件
sanzan osewani natteiru
erokeiuraakajoshi no syoutai
ga class no idol datta ken

たちばな まつりか
立華 茉莉花
@tachibana_matsurika
文化祭のミスコンで優勝した学校一の美少女。クラスでも当然アイドルだが、勉と不思議な縁ができる。

「んで、なにを見てんの？」
「……別に」
「あ～、立華さんか」
あまくさ しろう
天草 史郎
@amakusa_shirou
チャラい見た目通りの陽キャ男子。
勉とは意外に気が合い、高校では唯一の友人。
かりや つとむ
狩谷 勉
@kariya_tsutomu
本作の主人公。成績優秀だが内申点は低い系のガリ勉。
SNSでエロ系裏垢の画像を漁るのが密かな趣味。

ふたりきりのトークは
顔出し解禁!?
お礼を
用意しました
どう？
狩谷君、
感想どうぞ
……最高だ

ガリ勉くんと裏アカさん 1

散々お世話になっているエロ系裏垢女子の正体がクラスのアイドルだった件

鈴木えんぺら

HJ文庫
1061

口絵・本文イラスト　小花雪

contents

@URAAKASAN

プロローグ

@URAAKASAN

腰まで届く艶やかなストレートの黒髪。

カーディガンを内側から押し上げる豊満な胸元。

校則違反間違いなしな短いスカートの裾から伸びる白い脚。

キラキラと輝く大粒の黒い瞳がひときわ目立つ、類まれなる美貌。


『ねぇ、狩谷君。『狩谷　勉』君』


美少女。

美少女が目の前に立っていた。

美少女が桃色の唇に載せた名前は、相対している勉のものだった。

クラスメートに名を呼ばれるぐらい別に珍しいことでも何でもないのに……勉の心臓ときたら暴れ馬みたいに跳ねまわって、一向に大人しくなる気配を見せない。

――クッ……どうなっているんだ、これは⁉

　彼女の名前はよく知っていた。

『立華　茉莉花』

　勉が通っている高校のアイドル的存在。

　容姿端麗、文武両道。褒める言葉は数知れず。

　まさしく物語から現れたかのごときパーフェクトヒロイン。

　そんな彼女と一緒に学校を後にして――今、夕暮れに向かう頃合いの人気のない路地裏で向かい合っていた。

　至近距離で。

　ふたりきりで。

　思春期の男子なら想像するだけで胸が高鳴るシチュエーションのはずなのに、いざ妄想が現実になると緊張のあまり指一本動かせない。

『ふたりだけの秘密？』

『そう。私たち、ふたりだけの秘密』

花開く蕾を彷彿とさせる笑みは、目を逸らすことを許さなかった。
蕩ける蜜に似た甘い声は、抗い難い引力を宿していた。

『いいよね、共通の秘密って。ドキドキしない？』

弾んだ声とはにかむ笑顔が、彼女の心境を雄弁に物語っている。

——ドキドキか……

ズレた眼鏡の位置を戻し、己の胸に手を添えた。
ドキドキ……なるほど、これは妙にしっくりくる。
先ほどからうるさい自分の心臓にふさわしい表現だ。
ただ……ドキドキしている事実を認めたところで疑問は残る。原因が不明なのだ。
十六年と少々に渡る過去の記憶をどれだけ手繰っても類似事例がない。

『……それじゃ、そろそろ帰ろっか』
『……そうだな』

前を行く少女の背中を追って表通りに戻る際に、ふと空を見上げた。

昼から夜に向かう狭間の色鮮やかなグラデーションが広がっている。

視界を下ろし、自分の手を見つめた。

握って、開いて、握って、開いて。何度も繰り返す。

手のひらは頭に思い描いたとおりに動いている。おかしなところはない。

……にもかかわらず、あまりにも現実味がなかった。まるで白昼夢のようでさえあった。

つい先ほどまでは何の変哲もない日常が続いていたはずなのに……ほんのわずかな時間で、勉の目に映りこむ世界は一変してしまった。

異変の元凶はあまりにも明白で、それは前を行く『立華　茉莉花』に他ならない。

ロクに言葉を交わしたことすらなかった彼女の急接近に調子を狂わされっぱなしだ。

ふいに茉莉花がくるりと振り向いた。

漆黒の眼差しに意識が吸いこまれそう。

——いったい……どうしてこうなったッ⁉

彼女の奇襲に激しく揺さぶられる脳裏に閃いたのは、平凡かつ切実な疑問だった。

事の発端まで記憶を遡ってみれば——ほぼほぼ何もかも自業自得だったわけだが。

第1章　ガリ勉くん、悟る

@URAAKASAN

ＲＩＫＡ＠裏垢
今日の見せ

※

人工的な光源に照らされた肌は、透き通るように白くて眩しかった。

ワイシャツのボタンはすべて外されており、アダルティーなデザインの黒いブラジャーに包まれたバストが大胆に露出している。

豊満な胸だ。中央にはくっきりと『Ｉ』の字が刻まれている。きれいに梳られた黒髪がひと房、見るからに柔らかそうな谷間に流れ込んでいた。

双丘の膨らみから視線を下ろすと、すべらかな腹と可愛らしいおへそが姿を現す。陰影を浮かび上がらせる魅惑的な曲線、その艶めかしさに感嘆のため息が漏れる。

下腹部を経てショートパンツの裾からスラリと脚が伸びている。一見すると細い印象を受ける美脚には程よく肉がついていて、病的な痛々しさを覚えることはなかった。

大切な部分はデニムの布地に隠されているが……このショートパンツもまたホックが外されていて、限界ギリギリまで見える。肌と布地の塩梅が絶妙だ。

ちなみに、顔はスマートフォンに隠されていて明らかにされていないが、からっとしたピースサインがやけにエロい。

「今日も『ＲＩＫＡ』さんは最高だな」

自宅であるマンションの一室でひとりスマホとにらめっこしつつ、勉は喜びのあまりずり下がった眼鏡を中指で定位置に戻した。

勉は昨年の春からひとり暮らしを始めた。学校へ通ってアルバイトへ行って、帰ってきたら家事を片付けて、残った時間で予習復習。毎日毎日とにかくやることが多い。

慌ただしい日々を黙々と営んでいる高校二年生の男子『狩谷　勉』の数少ない趣味、それがＳＮＳ（ソーシャル・ネットワーキング・サービス）だ。

『趣味：ＳＮＳ』とひと口に言っても、何でもＯＫな雑食系ではない。

勉が好んで閲覧しているのは……いわゆる『裏垢』である。

SNSには裏垢と呼ばれるアカウントがある。

原義は『自身のアカウントとして開設した本来のアカウントとは別に設けた匿名のアカウント』とされている。

用途は多彩でひとつに絞ることはできないが、概ね自分が本来用いているアカウントではできないことをするために活用される。

裏垢、特に『裏』の文字にはネガティブな印象が付きまとうが、勉は裏垢の善し悪しを語るつもりはない。誰だって表沙汰にしたくないことや堂々と口にできないことのひとつやふたつは抱えているものだ。

王様の耳はロバの耳。かの有名なイソップだって言っている。

『本当の自分』なんて哲学的な問答をするまでもなく、人目を気にせず存分にはっちゃけたくなる気持ちは理解できなくもない。

……などとカッコつけてみても、勉が熱心にチェックしているのは写真投稿――正確にはエロ写真を投稿しているアカウントだから褒められた話でもない。

なお、自身も裏垢を見るときは裏垢を利用しており、表のアカウントと紐づかないよう気を付けている。情報化が過度に行き過ぎた二十一世紀の日本を生き抜くには、用心するに越したことはない。

「ふぅ」

今日も一日あれやこれやと始末して、ようやくひと息つける頃合いが訪れた。

テレビ番組にはほとんど興味がなく、パソコンの電源を入れるのも煩わしい。

疲れた現代人にピッタリなのは、何と言っても文明の利器スマートフォンだ。

ゴロンとベッドに横たわってディスプレイを覗き込み、指を滑らせツイッターを起動。

表示されているのは、昨年の夏に発見した『ＲＩＫＡ』というアカウントだった。

全体的にスレンダーな体型の中でアンバランスに存在を主張するバストが生唾もの。

胸に限らず身体はどこもかしこも間違いなく一級品、露出度高めでサービス精神旺盛。

『自称：女子高生』の真偽はともかく、これで人気が出ないわけがない。

『エロすぎる。ヤバい（語彙崩壊）』

『ワイシャツ脱いで！』

『『ＲＩＫＡ』さんの胸を守護るブラジャーになりたい』

『もっと、もっとエロを！』

『女神！　女神！　女神！』

投稿された写真に続々とぶら下がる絶賛コメント。加速する『いいね』に勉も追随する。

ときおり正気……ではなく冷静に戻って『何をやっているんだ、俺は？』と悩むときもあるにはあるが、エロが大好きな自分を否定するつもりはなかった。

身も蓋もないコメントを書き連ねている諸氏はいわゆる同好の士であり、彼らとは数少ない現実の友人よりも心が通じ合っている気がしてならない。

それが果たしていいことなのか否か、俄かには判断に苦しむところである。

閑話休題。

『ＲＩＫＡ』の更新は不定期だが頻度は高い。投稿はだいたい宵の口から深夜にかけて。

アカウントをフォローしているし、更新があるたびに通知が来るように設定しているから見逃すことはないと言っても、毎日この時間帯は気が気でない。

今日も早速大量のリプライが並んでいる。どれもこれも欲望全開のコメントばかりで、ある種の清々しささすら覚える。

勉はまだコメントしたことはない。軽い気持ちで書き込めばいいとは思っているのに、これがどうにも手が伸びない。

自分は遠くから見守るだけのスタンスでいい。臆病者の自覚はあった。

「『ＲＩＫＡ』さん、今日もありがとうございます」

感謝の言葉とともに、そそくさと画像を保存した。

本日の収穫に満足感を覚え、あおむけに寝っ転がる。

見慣れた天井を眺めていると……この趣味にハマった頃の記憶が甦った。

——あの頃は大変だったな。

故あって自ら望んだひとり暮らしではあったが、当初は疲労困憊の日々を過ごしていた。

心身ともにぐったりしていたある日、ツイッターで偶然発見したエロ写真に心奪われた。

震える指先を動かしてアカウントを遡ると……既に投稿されていた画像が大量に溢れ出たではないか！

興奮のあまり鼻息を荒げ、競うようにエロ画像を求めているうちに、全身に圧し掛かっていた疲れは、きれいさっぱり消えていた。

勉は真理に触れた。

エロは人を救うのだ。

「どういう人なのかは……まぁ、考えるべきではないんだろうな」

隠された顔を軽く指で突いてみるも、当然ながら何の反応もない。

『ＲＩＫＡ』は投稿する画像に顔を写さない。

五ケタにも上るフォロワーは、きっと誰もが顔を見たがっているはずなのに。

それでも『顔見せて』と口にする者はいない。勉も含めて、ひとりもいない。

もちろん彼女に気を遣っているまっとうな（？）人間も少なくはなかろうが……実際のところ、迂闊に機嫌を損ねてブロックされたり、最悪アカウントを削除されたら元も子もない。それが本音だった。結局どこまでも自分本位なアンタッチャブルに過ぎない。

ある意味しっかり調教されているとも言う。

「懐かしいな」

当時の記憶を振り返ると色々と感慨深い思いが溢れてきて、胸の奥から大きく息を吐き出した。

初めてタイムラインに流れてきた半裸の女性の写真を見た時は、本当に驚いたものだ。

週刊誌などをパラパラ捲れば、グラビアアイドルの水着姿やコスプレイヤーの着エロ写真が堂々と掲載されているご時世だから、勉は女性の半裸そのものは驚くに値しないと思っていたし、今でも思っている。

……女性の素肌を直接拝む機会なんて、これまで一度もなかったけれど。

しかし――投稿されていた画像は何かが違った。

単純な露出度の問題ではなく、言語化し難い生々しさがあった。

恐ろしく目を惹かれ、心を打ち貫かれた。一瞬でハートを鷲掴みにされた。

いったいこれはどういうことかと検索してみると、『裏垢』なる何ともいかがわしげな単語に行き当たった。

スマホを購入してもらって以来ツイッターは頻繁に閲覧していたにもかかわらず、そんなアカウントが存在することに、まったく気づいていなかった。

実際に裏垢に触れて興味を抱き、徹底的に調べた。気になったことは放っておけない。あくまでインターネットで集めた情報に過ぎないが、裏垢でエロ写真を放流している人間は、孤独感に苛まれていたり承認欲求に振り回されがちと記されていた。

軽い気持ちでちょっとエッチな写真を投稿して、注目を浴びる。大量の『いいね』に高揚する。気を良くして再び投稿する。あとはひたすら繰り返しだ。

『ひとりぼっちは嫌』『みんなに褒められたい』『こんなに認められている私って凄い』と言った具合にエスカレートする流れがお約束とのこと。添付される画像もどんどん過激になる模様。

ふと我に返って『私、何やってるんだろう……』と自己嫌悪に苛まれても、一度称賛を味わってしまうと、なかなか簡単には止められないらしい。

——よくわからんな。

ひとしきり調べてみて、勉は首を傾げた。

例えばこの『ＲＩＫＡ』というアカウントの女性、現実の彼女がどのような人物かはアカウント開設以来ずっと謎のままだ。プロフィール欄にも画像にも、リアルを特定させるに足る情報はない。

でも、彼女の正体が何者であろうとも、魅力的な身体の持ち主であることは間違いない。首から下だけでこれほど人目を惹きつけることができるのであれば、孤独感や承認欲求とは無縁に思えるのに、どうして……と不思議でならない。

「まぁ、ほとんど友だちすらいない俺が言うのもおかしな話か」

自嘲した。せざるを得ない。勉は自他ともに認めるマイノリティである。

毎日毎日家事をこなして学校へ通い、アルバイトに勤しんで勉学に励む。忙しない生活を続けた末に、いつの間にか人間関係が希薄になっていた。

地元を離れたことも手伝って、中学校の友人とも疎遠になってしまった。高校に入ってできた数少ない友人との関わりまで断たれたら、勉の学校生活は完全に孤独そのものと化してしまう。

「裏垢か……もし俺が美少女だったら、やりたくなるものだろうか？」

ひとりきりの部屋でエロ画像を堪能しながら、変な疑問を口にしていた。

やるわけないと胸を張りたかったが、やるかもしれないと思ってしまった。

『誰かと繋がりたい、必要とされたい』という欲求は、勉の中にも確かに存在する。

おひとり様生活を受け入れているのは、現実に立ちはだかる諸々の問題とのトレードオフの結果に過ぎない。

気楽な日々を謳歌している反面、自分だってツイッターにか細い繋がりを求めていることは否定しようがなかった。

「ま、俺の裸なんぞに需要があるわけないか」

イフを語っても意味はない。『狩谷　勉』は男なのだ。不細工とまで己を卑下するつもりはないが、取り立てて美男子と誇れるほどの容姿でもない。

髪を短めに刈り込んだ普通のメガネ男子で、中肉中背。

昔から学業に熱心に取り組んできたせいか視力に難があり、すっかり目つきが悪くなってしまったことが気にかかっている。

一応この春から高校二年生である。『ＲＩＫＡ』が経歴を詐称していなければ、同い年。

『だから何だ？』な話だった。自分と彼女にはツイッター以外に何ひとつ関わりはない。

これまでもないし、これからもない。それでいい。世の中、所詮はそんなものだ。

「ふぅ」

嘆息してスマートフォンを充電コードに繋ぎ、そっと目を閉じた。

今日もまた、空虚であるようにも充実していたようにも感じる一日だった。

『義兄さん、聞いているんですか？』

穏やかな夜半の静寂を打ち砕く着信音から始まった通話は、もう小一時間ほども止まるところを知らない。

雄大な緑を湛えた山麓から湧き出る澄み渡った清水を思わせる涼やかな声も、ずっと聞かされていると次第にウンザリしてくる。

その日もいつもどおり家事をやっつけ予習復習を片付けた勉は、『早く終わってくれないものか』と内心に渦巻く本音を漏らさないように並々ならぬ努力を強いられていた。

「ちゃんと聞いている」

勉にしては珍しく忍耐に忍耐を重ね、ひと言ごとに細心の注意を払っていた。

……セリフは及第点でも口調がぶっきらぼう過ぎて、本末転倒気味だったが。

幸か不幸かスマホの彼方の通話相手が勉の口ぶりを気にした様子はなかった。

なぜなら、彼女は話し始める前から超がつくほどに不機嫌だったからである。

『もう……春休みだけじゃなくゴールデンウィークも帰ってこないなんて。父さんもお義母さんも寂しがっていますよ』

「悪いとは思っているが、忙しいんだから仕方がないだろう」

『それ、いつも言ってますよね。ひとり暮らしがそれほど大変なら、いっそのこと実家から通った方が良くありませんか？』

「勘弁してくれ。学校まで片道二時間もかかるんだぞ」

『でも……』

「とにかく、夏休みには一度顔を出す。ふたりにはそう伝えておいてくれ」

キリのいいところで一方的に言い捨て通話をオフ。汗が滲む額を押さえ、ため息ひとつ。

スマートフォンのディスプレイには『今度こそ本当に帰ってくるんですよね？』『絶対ですよ』『春休みの前にも同じことを聞いた記憶がありますが』『一度様子を見に伺います』『嘘だったら針千本飲ませます』などと不穏なメッセージが連続で表示されていた。

相手は——義妹だった。ひとつ年下で、現在は高校一年生。

母親から再婚すると聞かされた際に『あちらにも娘さんがいらっしゃるの。勉、だいじょうぶ？』と問われて『ああ』と適当に流し……顔合わせの食事会で彼女の美貌を前に言葉を失った。生まれて初めての経験だった。

そして、なし崩し的に始まってしまった美しい義妹との新しい生活。

ともすれば他の男どもに羨ましがられるシチュエーションではある。

それは認める。

……なお、現実は非情だった。血の繋がらない同年代の異性とひとつ屋根の下に暮らす日々は、思いのほか心労が募った。何かにつけて気苦労が絶えない。

「夏休みになったら、どう言い訳するかな」

この時点で、勉には夏休みに帰省する心づもりはまったくなかった。

義理の父と義理の妹。決して彼らを嫌っているわけではない。

あまり顔を合わせたいと思わないだけだ。

「実家に帰るより、ひとりの方がいい。のんびりできるからな」

ベッドに転がって天井をぼんやり眺め、独り言ちる。

おもむろに壁にかかっている時計に視線を送り、やや慌て気味にスマートフォンを手にとった。流れるようにツイッターを立ち上げる。

推しの裏垢が更新される時間帯だった。

「お、ちょうどいいところに更新がきたぞ」

静寂を取り戻した部屋でウキウキした声を弾ませる勉の脳裏には、先ほどまでの煩わしい気分はひと欠片も残っていなかった。

ＲＩＫＡ＠裏垢
今日の見せ

※

光源に照らされた肌は相変わらず新雪を思わせる白さを誇っていた。

ダボッとしたスウェットに身を包んでいても、なおその存在を主張するバストは圧巻のひと言。

下半身は――何も穿いていないように見えた。マーベラスだ。

写真は二枚添付されていた。

一枚は正面からの自撮りで胡坐をかいている。裾から伸びる脚が眩しい。

そして、もう一枚は――

「けしからん……これはけしからんぞ！」

二枚目はスウェットの裾が大きく捲り上げられている。

余分な肉が完全に削ぎ落とされた素晴らしいお腹が晒されているだけでなく、巨乳の下半分――いわゆる南半球がハッキリ観測できてしまう。

ブラジャーを付けていない。ノーブラだ。上に引っ張られる布地に合わせて、半球状の乳が形を歪められている。

カメラのアングルも相当に意識していると見受けられた。素材といい、光と影のコントラストといい、一切の妥協が見られない。乳房の柔らかさが存分に強調されており、意味がないとわかっていても本能的にディスプレイをタップしてしまう。

なお、何も穿いていないと思われていた下半身は普通にショートパンツを穿いていた。

ご丁寧なことに先日見たものとはデザインが異なっている。

下着だったらもっとよかったのにと思う反面、『アンタたち、上を見なさい。上よ！』と胸を張る『ＲＩＫＡ』の強い意志を感じた。

「エロは難しいな」

誰かに聞かれたら正気を疑われそうなことを真顔で呟いてしまった。

学校の勉強ができても、世の中には理解が及ばないことが溢れているのだ。

「ふぅ……今日も『ＲＩＫＡ』さんは最高だな」

ひとしきり画像を堪能した勉はタイムラインを観察して……指を止めた。

『コスチュームを募集(ぼしゅう)します』


新たに追加された『RIKA』のコメントを一読して目を剥(む)いた。

ずり落ちた眼鏡の位置を直し、何度も読み直し、唾(つば)を飲み込んだ。

自分が希望した衣装を『RIKA』が着てくれるかもしれない。

想像するだけでテンションが勝手に上がってしまう。

彼女なら何を着ても似合うに違いないが……いざ選ぶとなると難しい。

――この世で最もエロい衣装は何だ？

ノータイムで脳裏をよぎったのは、身も蓋もない疑問だった。

即答(そくとう)できない己のファッションセンスのなさを恨(うら)まずにはいられない。

「……難問だな」

上体を起こし、ベッドに胡坐をかいた。

無意識に顎(あご)に手を当てて、スマホを睨(にら)み眉間(みけん)にしわを寄せる。

ついぞ他人には見せないほどの本気モードである。

「ううむ……むむ、これは難しいぞ」

コメントを読み直すと『希望はひとり一着』とは書いていなかった。

いっそのこと、思いついたものを片っ端からピックアップするのはどうかと考えて、やめた。いくらなんでもマナー違反だ。

それにしても……自分が選んだ服を着てもらって、そして脱いでもらう。それはもう自分が脱がせているのと変わらないのではないか？

益体もない妄想が後から後から湧き上がってきて、頭の中がすっかり沸騰してしまった。

「いや、待て待て、待つんだ俺。ここは冷静にだな……」

欲望が膨らんで爆発しそうになる寸前で、ギリギリ正気を取り戻した。いかがわしい熱気でわずかに曇った眼鏡を外して布で拭き、再び定位置に戻す。

落ち着かなければならない。

落ち着かなければならない。

落ち着かなければならない。

リアルタイムに彼女のコメントを追いかけていると勘違いしがちになるけれど、実際のふたりは無限の距離によって隔てられていることを忘れてはいけない。

自分と彼女は決して対面で向かい合って話ができる間柄などではない。すべてはSNSが引き起こす錯覚に過ぎない。『狩谷　勉』と『ＲＩＫＡ』の間に、まっとうなコミュニケーションは成立していない。

勉が『ＲＩＫＡ』の存在を認識していても、彼女は勉なんて歯牙にもかけていない。

現代社会のひずみが生んだ一方的な関係だ。自分の立場を弁えなければならない。

彼女がアカウントを削除したら即終了。ブロックされるだけでも大ダメージ。

現実の接点がないから、何をされても直に文句を言うこともできない。

だから、調子に乗ってあまり露骨な要求をするのはためらわれる。

いつもどおり観察者に徹する方が無難かもしれないとも思う。

「でも、なぁ……う～ん」

腕を組んで煩悶している間にも次々とリクエストが投稿されている。

中には某通販サイトを利用して早速プレゼントを発送する者までいた。

続々と並ぶリプに目を通していると、得体の知れない焦燥に胸を灼かれる。

――リクエストぐらい……いいよな？

普通のコメントが会話なら、これは街頭アンケートみたいなもの。気負うことはない。

「……サラッと書き込めばいいんだ。どうせ俺のことなんか見ているわけがない」

それでも、自分の声が彼女に届くなら嬉しい。届かないなら悲しい。

口元がいびつに曲がった。思い悩む自分が滑稽だった。

なぜなら……現実とかけ離れ過ぎているからだ。

エロい願望を向ける相手など存在しない。

彼女以前に女性の友人がいない。

リアルの異性に対して『嬉しい』とか『悲しい』といった感情を抱くこともない。

十六年と少々の人生を淡々と過ごしてきた。疑問に思うこともなかった。

しかし——今、勉は『ＲＩＫＡ』に対して強烈に執着している。

決して手が届かない相手のはずなのに。

それこそテレビで輝くアイドル並に遠い存在であるはずなのに。

どこの誰かもわからないという点を鑑みれば、裏垢女子イコール異世界の人間と言ってもいいくらいなのに。

それでも、考えるだけ無駄、想いを寄せることすら無意味——とまでは割り切れない。

「……」

いつしか汗をかいていた。義妹と電話していたときとは異なる、激しい熱を帯びた汗を。

興奮か、緊張か。あるいは両方か。

スマートフォンを持つ手が震えている。

ディスプレイをタップする指の位置が定まらない。

衣装をリクエストするならば急がなければならない。

もたついている間に締め切られたら、泣くに泣けない。

――やるぞ。

心を決めた。胸に手を当てて呼吸を整え、一文字一文字入力する。終わったら見直し。

学校の試験よりもガチ。舐めるようにチェックチェック、またチェック。

何度も声に出して読み返して確認、しかるのちに――送信。

『バニーガールお願いします』

「ふう……やり遂げたぞ」

どうにかこうにかコメントを投稿すると、奇妙な達成感が胸を満たした。

自分のツイートに『いいね』が付くと、さらにテンションが上がる。

スマートフォンを充電コードに繋ぎ、枕元に放り投げる。

眼鏡を外し、仰向けにベッドに寝転んで目を閉じる。

開けっ放しの窓から流れ込む風が頬を撫でた。

顔も知らないどこかの誰かにエロい衣装を着せようとする罪悪感と、憧れの裏垢主が自分のリクエストした衣装を着てくれる（かもしれない）未来への期待感が入り混じった胸中を持て余しているうちに、勉はいつしか眠りについていた。

『時は金なり』は基本。ゆえに昼休みは貴重。

健康的な生活を営む上で昼食を摂る時間を確保する重要性は語るまでもないが……シンプルに一番長い休憩であるがために、昼休みは他に代えがたい価値を持っている。

日々を授業に追い回される生徒ならば、そのありがたみは身に染みているに違いない。

予習に復習、忘れた宿題の書き写しといった勉強の類をはじめ、友人もしくは恋人とのひととき、部活動やレクリエーションなど用途は多岐に渡る。もちろん寝るのもアリだ。

それほど大切な大切な昼休みに、勉は職員室に呼び出されていた。

——堪ったものではないな。

生徒にとって職員室とは地獄ないし拷問部屋の別称である。

余程の物好きでもない限り、好んで足を踏み入れたい場所ではない。

生徒がこんなところにワザワザ呼びつけられるときは、大抵ロクな理由がない。

昼休みと職員室。

このふたつの単語の組み合わせは、まさに最悪。

その『最悪』のド真ん中に、勉は現在進行形で立たされていた。

――まったく……見ていられん。

奥歯を噛み締めると、眉間に皺が寄った。こめかみがキリキリと痛みを訴えてくる。

苛立ちのあまり定位置からずり下がった眼鏡のフレームを中指で押し上げる。

勉は沈黙を貫いていたが……胸の奥では何度となく悪態をついていた。

『表に出さないだけ我慢している方だ』と自分で自分を褒めてやりたい気持ちすら湧き上がってくる。本人に自覚がなかっただけで実際は割と表に出ていたが、それは置いておく。

これほどに勉が不愉快な思いを抱くことには理由があった。

なぜなら……昼休みの職員室には、一介の高校生にとって看過しえない光景が広がっていたからだ。

思い思いの姿でくつろぐ教師たちは、ハッキリ言ってだらしない。

乱雑に積み上げられた書類や、散らかりっぱなしの机は目に余る。

持ち込みが禁止されている菓子を口いっぱいに頬張る教師がいる。

スマホを弄って百面相している教師に至っては、もはや言語道断。

掲示板には『校内ではスマホの電源をオフにすること』と貼り出しているくせに。

――こんな連中にデカい面されて、素直に言うことなんか聞く気になるものかよ。

『こんな連中』こと教師たちが、したり顔して『服装検査だ～』だの『整理整頓が～』だの『学校に余計な物を持ってくるな～』だのほざくのだ。鏡を見ろと言ってやりたい。

『大人』とは尊敬できる存在であるべきだと信じてきた。

今でも間違っているとは思わないし、過剰な期待とも思わない。

――相変わらず、この職員室で大人と呼べそうな奴は……ひとりもいないな。

ここにたむろしているのは、どう見ても図体がデカくなっただけの子どもばかり。

子どもな教師が子どもな生徒に上から目線でアレコレ抜かす。

想像するだけで苦笑いを禁じ得ず、言葉にするとまったく道理が通らないことが明白なハチャメチャが許容されている世界、それが学校と呼ばれる異次元じみた空間である。

……ゆえに、勉は小学校に入学したその日から、一度たりとも教師と名乗る者どもに対して尊敬の念を抱いたことはない。

「狩谷君、聞いていますか？」

「聞いています」

甘ったるい雑音で意識が現実に引き戻された。耳障りなことこの上ない声だった。

声の主は、勉をこのクソッタレな領域に呼び出した担任教師（二十五歳・女性）。

生徒からも他の教師からも人気のある人物らしく、容姿もそれなりに整っている。

今日もメイクが決まっている彼女は、勉にとってひたすらに煩わしい存在だった。

自分の立場を笠に着てあれやこれやと要求ばかりするくせに、彼女は勉の求めに何ひとつ応じることができない。生徒と教師で収支の釣り合いが取れていないのだ。

それだけならまだしも、その事実をこの（表現自粛）はまるで自覚していない。

実に腹立たしい。生理的にではなく論理的に受け付けない。

「狩谷君の授業態度については、多くの先生から苦情が出ているんですよ」

「はぁ」

バカげた叱責に対しては、気の抜けた声で応える他なかった。

教師の苦情なんぞ、まったくもって知ったことではなかった。

理由は極めてシンプルで、勉の成績には何も問題ないからだ。

否、問題ないどころか大学入試に関わる学業系に限定すればブッチギリの首席である。

県内一の進学校であり大学進学を第一目標に掲げているこの学校において、学業は何よりも優先されるべきであり、全国模試上位常連の成績で文句を言われる筋合いはない。

学校の授業など聞く必要が無い。

それが一年ほどをこの学校で過ごした末に出した結論だった。

内職（自分で勝手に勉強）している方が効率的であることは、これまでの（教師たちが作成した）試験の結果が証明している。

勉強は効率的に、効果的に積み上げるべきだ。

繰り返しになるが、教師の苦情など知ったことではない。

更に付け加えるならば……学業成績だけではなく、生活態度だって悪くはない。

毎日きちんと登校しているし、授業中だって静かにしている。

放課後のアルバイトだって、ちゃんと学校の許可を取っている。

もちろん校則違反の類を犯した覚えもない。喧嘩やトラブルにも関わりはない。

『俺が、俺こそが、模範的な生徒だッ！』などと厚かましいことを口にするつもりはないが、些細なことで揚げ足を取られると癇に障る。

「前から気になってはいましたが、狩谷君は周りのみんなとの距離が……」

黙って聞き流していたら、担任は交友関係にまで口を出してきた。深刻ないじめに遭っている的な非常事態ならともかく、現実は平穏そのもの。つまり余計なお世話だった。

確かに勉には友人と呼べるような人間はほとんどいない。それは事実だ。

——友だちがいないからって、何か問題でもあるのか？

どうせ学生時代の友人なんて、卒業したら大半は数年持たずに縁が切れてしまう。

中学時代にもそこそこ仲の良いクラスメートはいたが、今なお関係が続いている人間はひとりもいない。

高校で友人を作ったところで、結果は似たようなものに違いない。歴史は繰り返す。

ひとり暮らしで大学進学を志す勉には時間の余裕がない。無駄なことに割くエネルギーもない。進学校で教鞭を執っているくせに、その程度の事情にすら思い至らない担任とは、もはや対話する気にもなれない。

「狩谷君はこれから社会に出て様々な人たちと関わっていくことになるんですよ。今みたいに勉強だけできていればいいとか、そういう視野の狭い考え方をしていると……」

バカバカし過ぎて会話を放棄した勉を『反論できなくなった』と都合よく誤解した担任は、我が意を得たりとばかりに持論を展開し続ける。

――よりにもよって教師から『視野が狭い』と説教されるとは。

社会から隔絶された小さな世界、すなわち学校で生涯を過ごすだけの分際で。

ジョークなら笑える。ジョークじゃないから笑えない。

いずれにせよ、勉がこの手の話題で表情を動かすことはない。

どこまで行っても時間の無駄でしかなく、ただひたすらに鬱陶しい。

だから『その声』を耳にしたのは――心底ウンザリしていた時だったのだ。

「おとなしく聞いてれば……さっきから何なんですか、いったい⁉」

唐突に響き渡った声に、閉じかけていた眼を大きく見開いた。

澱んだ職員室の空気を切り裂く、激しい怒りを宿した叫びだった。

『何事か？』と視線を向けると──そこには生徒がひとり、教師がひとり。

ふたりはお互いに睨み合って火花を散らしており、遠目に見ても感じ取れるほどに険悪な空気を漂わせている。

どちらも勉の直接の知り合いではなかったが、いずれも校内では有名人だったから顔と名前は一致する。

生徒の方は、同じクラスの女子だった。

まず目につくのは腰まで届くストレートの艶やかな黒髪。

次いで整い過ぎた美貌が際立つ顔立ち。美少女はいい。見ているだけで幸せになれる。

大粒の黒い瞳と切れ長の眼差しに、すーっと通った鼻梁。

口そのものは小さめだが、ピンクに色づく唇がやたらと印象に残る。

ひとつひとつのパーツの出来が抜群に優れているだけでなく、配置も完璧。

背は女子の中では高め。百七十センチ少々の勉より少し低いくらいだから百六十センチ前後か？

スラリとした体形で、お尻の位置が高い。短いスカートから伸びる脚が白くて眩しい。制服を内側から押し上げる胸元が存在感を誇示しており、全体的な完成度が半端ない。

『立華　茉莉花』

見目麗しく学業も運動も優秀で、コミュ力も高い。人として弱点が見当たらない。

当然のごとくクラスの中心に坐する、生まれついてのヒロインじみた少女だった。

昨年の文化祭で開催されたミスコンでは、当時の上級生を差し置いてクイーンの座に輝いた。彼女の名声と実績は教室内にとどまらない。

対する教師は、生徒指導の教諭だった。

見た目はうだつの上がらない五十がらみのオッサンで、毎日毎日朝から晩まで上下ジャージな代わり映えのない姿。

中身も相当なもので、生徒のやることなすことケチをつけずにはいられないという稀有な気質の持ち主であった。

希少ではあるが、ありがたくとも何ともない。珍しければいいわけではない。

悪い意味で目立つ人物で、生徒はおろか同僚からも煙たがられているともっぱらの噂。

おおよそ正反対の極致に立つふたりが、昼休みの職員室で真正面から向かい合っていた。

——なんだ？

ただ事ではない雰囲気を纏っている茉莉花と生徒指導教諭。

剣呑と呼べる段階を通り越し、もはや一触即発の火薬庫じみた様相を呈していて、他の教師たちも近づくこともできずに立ち尽くしている。飛び火を恐れていると見えた。

「何が『何なんですか』だ、白々しい。浮ついた格好で学校に来るなと言っとるんだ！」

「浮ついてるって誰のことですか？　私、どこからどう見ても普通にしてるんですが」

いきり立つ生徒指導の怒号を正面から受け止め、跳ね返す茉莉花。

ともすれば華奢にも見える少女は、外見とは裏腹にまるで怯む様子がない。

生徒の大半を萎縮させること間違いなしな恫喝じみた言動に堂々と相対する姿には、いっそ爽快感すら覚える。

「普通？　お前のどこが普通だ！　ガキのくせに色気づきよって」

「色気づくって……やだ、気持ち悪い……」

——いや、まったく。

距離が離れていたから口には出さなかったが、勉も彼女の言葉に同意だった。

色々と物議を醸しがちなこのご時世、先ほどの発言はセクハラに該当しかねない。

そっちの話を抜きにしても、いい年こいたオッサンが女子高生相手に色気云々言うのは、聞いていて鳥肌が立ちそうになる。冗談抜きで気持ち悪い。

「気持ち悪い、だと……この、口の減らん奴だ」

「それで、わざわざ昼休みに職員室まで呼び出して、いったい何の御用なんですか？」

質問を繰り返す茉莉花は不快感を隠そうともしない。勉はうんうんと頷いた。

益体もない理屈をこねられて貴重な昼休みが奪われるのだ。腹が立って当然である。

……ウザい担任の妄言を適当に流そうとする自分より、彼女の方がカッコいいと思った。

「だから、その化粧を落とせと言っている！」

乱暴で野太い声とともに、生徒指導教諭はポケットの中から何かを取り出した。

途端に茉莉花のきれいな眉が跳ね上がる。

「それ、メイク落とし？　え、正気ですか？」

「本気も本気だ。今から洗面所に行くぞ。これでさっさとメイクを落とせ！」

ドン引きしている茉莉花に頷くジャージ姿の教師。

みっともない顔には勝ち誇った笑みが浮かんでいる。

「立華さん、困るわねぇ」

勉の傍からため息交じりの声が聞こえてきた。

担任だった。今日もメイクが決まっている担任だった。

「学校に化粧をしてくるのは、それほど悪いことですか？」

「それはそうよ。だって校則で禁止されているもの」

つい口に出してしまったら、なんと即答された。自信に満ちた声だった。

――何を言っているんだ、この役立たずは。

担任の顔に『失格』のイマジナリーハンコを押した。何個目だったかは覚えていない。

勉と茉莉花は同じクラスに所属している。つまり茉莉花も彼女の受け持ち生徒なのだ。

ならば、口うるさい生徒指導と教え子との間を取り持つのが教師の正道ではないのか。

勉、茉莉花、そして生徒指導。

簡単そうなところから手を出して難問は後回し。これが試験ならば間違っていない。

ただし勉は御しやすい生徒などではない。この担任、問題の難易度を見誤っている。

そもそも現在進行中のトラブルは机上のテストの類ではなく現実だ。話にならない。

――つくづく使えん。

担任にダメ出ししている間に、室内の空気が変わっていた。

『茉莉花はメイクを落とすべし』との見解が醸成されているように感じられた。

あんな戯言でも生徒指導の肩書を持つ者が口にすれば、説得力があると勘違いされる。

件の教諭がなまじ年齢を重ねていて、しかも声が大きいものだから、余計に肩書の効力が増幅している。ダメな年功序列の見本であった。

職員室という閉鎖的な空間も茉莉花に不利に働いている。生徒指導教諭に対する好悪の別はあるにせよ、ここに蠢く者の大半は教師と呼称される生き物だ。分類的には生徒よりも近しい同族の意見に流されがちになるのは自然の摂理と言える。

「し、信じられない！　安物で適当に落とすって……ありえないんですけど！」

——怒るところはそこなのか……

茉莉花の反応は意外なものだった。高級品なら大人しく従うのか？

彼女の思考回路は、勉の理解の外であった。

対する生徒指導もまた、強硬な姿勢を崩そうとしない。

「値段など知らん。校則で禁止されているメイクをしてくるお前が悪い」

『立華　茉莉花』は、この学校におけるカリスマのひとり。

彼女を制圧することができれば、他の生徒に対する影響力は計り知れない。

それ以上の思惑も想像できなくはなかったが、あまり考えたくもなかった。

周りの教師たちの様子を窺うと……生徒指導に賛同する者、我関せずとスルーする者がほとんどで、窮地に立たされている生徒に寄り添う姿勢を見せる者はひとりもいない。

――イラつくな。

この状況、つくづく癇に障る。

教師どもが寄ってたかって生徒をなぶっている。

『いじめられている人を助けないのは、いじめに加担しているのと同じ』などと、くだらない授業で偉そうに語っていたくせに。

――どいつもこいつも……見ていられん。

肺に溜まった空気とともに重苦しい怒りを吐き出し、騒動の中心部に足を向ける。

「あっ、狩谷君⁉　どこに行くんですか？」

やかましい担任を捨て置いてふたりに接近し、おもむろに口を開いた。

「ちょっと待ってください」

勉の声に、今にも取っ組み合いに発展しそうだった茉莉花と生徒指導教諭が振り向いた。

茉莉花の整った顔には『何なの、この人？』的な不審感が浮かんでいる。

ジャージ教諭の顔は醜く歪んでいた。

――生徒の前でその顔、少しは取り繕ったらどうなんだ？

嫌悪感を露わにする教師を前に、勉も軽蔑を隠せない。

……とは言え、実に遺憾ではあるが気持ちはわかる。

この教師は勉を嫌っている。それこそ蛇蝎の類のように。

勉もまたこの教師を嫌っている。いがみ合いはお互い様なのだ。

勉は素行不良なわけではない。本来ならば生徒指導の注意を受ける謂れがない。

しかし、このジャージ男は何かにつけて説教を垂れようとする。

相手が誰であっても態度を変えないのは一本筋が通っていると認めるにしても、腹が立つものは腹が立つ。好意を抱けるわけがない。

閑話休題。

行状が目に余る茉莉花に説教している真っ最中に、憎たらしい勉が声をかけてきた。

この展開に不穏な気配を感じ取っていることは間違いない。

「なんだ狩谷……お前、この女を庇うのか？」

「言い方」

ぼそりと素の声が出てしまった。幸いなことに中年の耳には届かなかった模様。

茉莉花は勉と同じクラスだから、この男は担任ではない。

だが、担任でなくとも生徒と教師の関係であることには変わりない。

教師が生徒に対して用いる呼称として、言い換えれば大人が子どもに対して用いる呼称として『この女』が適切なものとは思えない。

言動から滲み出る傲慢さこそ、この教師が生徒から嫌厭される由縁のひとつであった。

「何か言ったか？」

この教諭と相見えるたびに酷い疲労感を覚える。

二十一世紀の日本にこのような『自称：教師』が存在していることに驚きを禁じ得ない。

時代は平成を経て令和を迎えたと言うのに……眼前の男の頭の中身は、音に聞く昭和とやらでストップしてしまっているとしか思えなかった。

表情を崩さないよう気を付けながら、さりげなく眼鏡のフレームに指を添える。

「いえ、別に。それより……先ほどからの話し声が、酷く乱暴に聞こえたもので少しばかり気になりまして」

「乱暴？　どこが乱暴だ。この女は学校にメイクをしてきている。れっきとした校則違反だ。信じられないなら生徒手帳を見てみろ。化粧禁止とちゃんと書いてある」

「生徒手帳には目を通しています。化粧の類が校則違反であることも承知しています」

「そうか、わかって言っているのか。ならば、俺は生徒指導の立場から校則違反の化粧を落とすよう指導しているだけだということも理解しているな。ワザワザ首を突っ込んできて、お前は何が不満なんだ？」

――校則がそこまで大切なのか？

ふた言目には『校則違反』を繰り返す教師を前にすると、頭がズキズキと痛む。

校則とは、快適な学生生活を担保するために定められたローカルルールに過ぎない。

規則を守るために何気ない日常や生徒の権利が必要以上に脅かされていては、それこそ本末転倒ではなかろうか。

生徒手帳によると、本校の校則が定められてから既に相応の年月が経過している。

現状にそぐわないものもあるし、違反していても誰も気にしていないものだってある。

そもそも勉は校則にあまり興味がない。茉莉花のメイクが目くじら立てるほどのものかも判断できない。校則の是非そのものについて深く論じるつもりもない。

ただ……生徒をひとりだけ職員室と名付けられた教師の根城に呼びつけて、罵声や怒号でごり押しするやり口が気に食わないのだ。

単に教師が嫌いなだけとも言う。

そっと中指で眼鏡の位置を直した。脳内で戦闘開始のスイッチを入れる。

「確かに。仰るとおり立華さんは校則違反をしているかもしれませんが……それも致し方ないことではないでしょうか」

「……お前は何を言っているんだ？」

「何を言ってるの、えっと……」

──その目を止めてくれないものかな。

生徒指導どころか、槍玉にあげられていた茉莉花まで猜疑に満ちた眼差しを向けてくる。実に解せない。咄嗟に勉の名前が出てこないのは……気にしないことにする。

おせっかいであることは百も承知だ。感謝して欲しいわけでもない。

それでも、敵意丸出しの視線は勘弁願いたかった。

美人の厳しい表情はダメージがデカい。

──とは言え、大したものだな。

先ほどからの話を聞いている限り、茉莉花は『自分以外にもメイクをして学校に来ている生徒はいるのだから、そちらを先に取り締まれ』的な言説を意図的に避けている。『赤信号、みんなで渡れば怖くない』な論法は、彼女のお好みではないと見える。

潔く、そして小気味良い。

『立華　茉莉花』は好感が持てる人物だ。

そういう思いが心の隅にあったからこそ口を挟んだと言っても過言ではない。

興味のない人間のためには、指の一本すら動かす気になれない。

『狩谷　勉』は、基本的に薄情な男なのだから。

「不思議に思われるかもしれませんが、彼女がこのような装いで学校に来るのは理由があると推測されます」

「理由？」

疑わしげな教師の問いに、『はい』とひと言だけ頷いた。

口論に割って入って以来、慇懃無礼なほどに丁寧な口調を心がけている。

聞き取りやすくするために、ひと言ひと言ハッキリと。滑舌を意識することも忘れない。

念のために途中で一度セリフを切った。

不特定多数の人間に声を届けるテクニックは、あの口うるさい義妹から学んだものだ。

ここから先は、茉莉花や生徒指導だけではなく、この職員室にいるほかの連中にも聞かせる必要があった。

目立つことは趣味ではないが……ミッション達成に求められるのなら吝かでもない。

教師に対して距離を取りがちな自分が歩み寄りの姿勢を見せれば、興味を惹かれる者も現れるはずだ。

ギャップを活用して注目を集める。これもテクニック。

案の定、遠巻きに茉莉花たちを観察していた職員室の住人達は、ふたりの間に乱入してきた勉が放った言葉に意識を向けてくる。室内の空気の動きが手に取るようにわかる。

「はい。理由です」

「ハッ、バカバカしい。理由なんぞあるわけがない」

「いえ、あります。聞いていただければ納得していただけるかと」

「ほう……そこまで言うのなら聞いてやろうじゃないか。さっさと説明しろ」

渦中の生徒指導が腕を組んで顎をしゃくり上げた。

傲慢な態度はムカつくが、ぐっと堪えた。

この教師、あからさまに勉を毛嫌いしている。不快感すら隠そうとしない。

くだらないことを口にしたら、鬼の首を取ったように責め立ててくると見た。

付け加えるならば、この状況における自らの勝利を確信している。無理もない。

校則があり、校則違反者の茉莉花がいて、勉は茉莉花を庇おうとしているのだから。

——昔から『勝って兜の緒を締めよ』と言うだろうに。まぁ、まだ勝ってすらいないがな。

勉は内心でほくそ笑んだ。もちろん表情には出さない。

チラリと視線を逸らせると、茉莉花の黒い瞳とぶつかった。

鋭い眼差しに引き結ばれた唇。こちらは勉の一挙手一投足に気を配っている。

——悪いようにはしない。もっとも……希望どおりになるとは限らないが。

『立華　茉莉花』という人物については、通り一遍のことしか知らない。

彼女にまつわる知識は、容姿とか華麗な経歴に関するものばかり。

ゆえに自分の策が彼女のお気に召すかも事前に判断できない。

――どう思われようとも別に構わんしな。

その点に関しては開き直っている。勉は孤独で気楽なおひとり様だ。

クラスの人気者に好かれようが嫌われようが知ったことではない。

もとより他人の視線に一喜一憂するような繊細な人間ではない。

勉は先ほどから職員室を騒がせている生徒指導が気に食わない。

昼休みにくだらない理由で呼び出されて内心でイラついていた。

だから、茉莉花をダシにして教師たちに一杯食わせてやろうと考えた。

それだけだ。ただの憂さ晴らしであった。ストレスを発散したかっただけだ。

耳を澄ませば、いつの間にか職員室の喧騒は収まっていた。

機は熟した。満を持して勉は口を開く。

「立華さんがメイクに気合を入れることには理由があります。なぜなら……生徒である彼女が手本にすべき教師の皆様が、毎日毎日実に熱心に化粧をして来られるからです」

瞬間、職員室が凍り付いた。

三人に注視していた者だけではない。

興味なさげに振る舞っていた者たちも身体をビクリと震わせている。

「……ちょっと待って、いきなり何を言ってるの？」

「まったくだ。どうしてここで教師の話が出てくる？」

なじり気味な茉莉花の声にジャージ教師が同調した。

ふたりは互いに顔を見合わせ、互いにそっぽを向いた。

騒動の中心にいる茉莉花たちだけが、職員室の異変に気づいていないという状況は何とも愉快だった。歪んだ嘲弄をおくびにも出さずに言葉を続ける。

「関係ないと言い切れますか？　立華さんは模範的な生徒です。『生徒が見習うべき教師が化粧をしているのなら自分も化粧するべき』と考えるのはおかしな話ではありません」

教師は生徒たちにとってお手本とすべき『大人』の姿を体現した存在である。

その教師が化粧をしているならば、『子ども』である生徒もこれに倣うべし。

聞き齧った噂によると茉莉花は優等生ではあるが、模範的とは言い切れない。

教師が生徒にとって見習うべき存在であるか否か、これも議論の余地はある。

それでも、教職に就く人間にしてみれば否定しづらいストーリーではあった。

彼ら教師の本懐もしくは存在意義である教育とは『教え育む』と表記するが……その美しい響きや字面とは裏腹に、『教える』も『育む』も基本的に上の立場から下の立場に対する一方通行な思考の流れをとる。

要するに生徒を未熟な存在と見下している。

ゆえに――教師は『生徒は自分たちを尊敬し見本とすべき』と考えている。

ハッキリ口にすることはなくても。あるいは気づくことすらできなくとも。

だから、否定できない。この否定は彼らにとって自己否定につながるから。

職員室が沈黙に閉ざされた。

「いや、そういう話ではなくてだな。我々は教師だ。校則が適用されるのは、お前たち生徒に対してだけだぞ」

生徒指導は勉が投げつけた『教師は生徒の目標であるべきか否か』の議論を避け、『教師に校則が適用されるか否か』の形式論を主張した。

生徒を下に見る自分の醜い姿を直視できないらしい。

――そちらで戦いたいのなら、一向に構わんがな。

再び眼鏡のフレームを押し上げて、心のスイッチを入れなおす。

実際のところ、最初から表面的な話題に固執してくると思っていた。

「生徒か教師か……立場が問題だとは思いません。校則の問題でもありません」

勉は入学して早々に生徒手帳に目を通している。

校則が生徒のみを対象とすることぐらい、言われなくとも把握している。

「校則は守られるべきです。ルールが守られなければ学校生活の秩序が乱されます。校内の統制が失われれば、あとは荒廃あるのみです」

生徒指導の金看板である『校則』をあえて持ち上げて見せる。

年配の教師は太い眉をひそめつつも頷いた。予想どおりに。

勉は口の端をいびつに吊り上げて、さらに言葉を続ける。

「ですが……学校には我々生徒だけでなく教師の方々もおられます。想像してみてください。生徒たちは『自分たちは抑圧されている』と感じている。でも、秩序を守るためには仕方がないから従っている。それなのに……手本とすべき教師たちは好きな服を着て誰に遠慮することもなく化粧を施している。同じ校内で時間を共にしているにもかかわらず」

「そ、それはだな……」

生徒指導が口ごもる。案外思い当たるところがあるのかもしれない。

「学校生活は我々生徒だけで形作られているわけではありません。生徒と教師が共に作り上げているのです。ならば、秩序だって共に作り上げられるべきです」

生徒が校則として定められた秩序に従う目の前で、教師が校則を破っている。

生徒の目標であるべき教師が、自ら秩序を破壊している姿を見せつけている。

これでは筋が通らなくなってしまう。

筋を通すためにはどうすればいいか？

答えは――別に難しい話は必要ない。

「確か担当は古文と漢文だったと記憶していますが？」

話を振ってやると、五十過ぎの教師はためらいがちに頷いた。

「……それがどうした」

「では『隗より始めよ』という故事成語もご存じかと」

『隗より始めよ』とは、中国の戦国時代に端を発する故事成語だ。

要約すると『大事業を成し遂げるためには身近なことから、物事は言い出した者から始めよ』となる。

生徒に校則を強制するならば、まず教師から身を慎むべし。

たとえ校則に記載がなくとも、教師は自ら校則に従うべし。

なぜなら、教師は生徒にとって見本となるべき存在だから。

校則で禁止されている菓子の持ち込みを見過ごすな。

校則で禁止されているスマホを取り締まれ。

校則で禁止されている化粧を認めるな。

固唾を呑んで見守っていた教師たちが気まずげに視線を背けた。

どれもこれも、身に覚えがあることばかりだからだ。

茉莉花を吊るし上げるだけなら『お好きにどうぞ』なスタンスで傍観していられるかもしれないが、自分たちの生活スタイルが脅かされるとなると黙ってはいられない。

生徒指導教諭は服装こそいつもジャージで外見はみっともないが、職務に忠実な人間ではある。気に食わない相手であろうとも、その点だけは勉も認めている。

だからこそ――この男は同僚たちの心の動きに意識が回らなかった。

『身を慎めなどと言われても困る』

『イチイチ本気になってどうするの？』

『流れ弾を飛ばすのはやめろ。迷惑なんだよ』

口にこそ出さないものの、誰もが目でそう語っている。

教師は決して聖職者などではない。ただのサラリーマンにすぎない。

それも何十年と勤め上げることが前提となっている。過酷だとも聞いている。

たった三年で関係が切れる生徒のために、延々と謹言実直であり続けるなんて無理な話。

グレーゾーンに見て見ぬ振りして、楽して給料を頂く方が効率的。

それが本音だ。どれだけ取り繕ったって、その程度なのだ。

職員室の旗色があっという間に塗り変わった。お仲間のはずだった教師たちは今や生徒指導の敵に回った。相変わらず騒動の中心にいるジャージ教師だけが気づいていない。

「先生……ちょっといいですか」

勉の策謀に割って入ってきたのは教頭だった。

生徒指導と似たり寄ったりの年齢の――女性。

いつも穏やかな笑みを浮かべている顔に、今は渋い表情が刻まれている。

この問題をこのまま見過ごしていたら、職員室の空気が最悪になることは間違いない。

事なかれ主義の巣窟である学校の幹部として、この状況を見過ごせなかったと思われる。

校内でトラブルが発生したら出世にも影響しかねない。その対象は生徒に限らない。

最近は教師のいじめがテレビやネットのニュース欄を賑わすことも珍しくはない。

事ここに至って、ようやく形勢の不利を悟った生徒指導が慌てて弁明に走る。

勉たちと相対していた時とは、まるで態度が違う。宮仕えの悲しさを垣間見せられた。

「い、いや、待ってください、教頭先生」

「そうはおっしゃいますが……ねぇ」

教頭が水を向けると、ためらいがちに頷く教師が数名。いずれも女性だった。

勉たちの担任も強く首を縦に振っていた。

他の教師たちも、誰ひとり生徒指導の肩を持とうとはしない。

「……それでも、それならば、生徒たちの模範となるよう我々が率先して」

「ですから先生、その話はまた改めて職員会議ででも提案していただければ」

「今ここで話す内容でないとは私も思いますが、何も職員会議にかけなくとも」

「ご理解いただけるのでしたら、これ以上ここでお話をする必要はありませんね？」

「…………はい」

苦々しげに首肯した生徒指導は勉をぎろりと一瞥し、歯ぎしりとともに引き下がった。

疲れ切った嘆息でジャージ教諭を見送った教頭は、頭を軽く振って勉たちに向き直る。

「狩谷君、それに立華さん。この件はひとまず預かります。あなたたちはもう行きなさい」

「そうですか」

「……」

眼鏡の位置を直し、ひと言だけ。

時計に目をやると、昼休みはもう終わる寸前。

担任に呼び出されて何も実りのない時間の浪費になる予定だったが……なかなかどうして気分は悪くない。

当事者であった茉莉花は、置いてきぼりにされて憮然とした表情を見せている。

『言いたいことがあるんだけど』と瞳が語っているが、ここは矛を収めてもらう。

教室ではあまり見かけない表情は何とも珍しく、意外なことに可愛らしかった。

「立華」

「……わかってる」

勉が軽く袖を引いて耳元で呟くと、茉莉花は仕方なさげに頭を左右に振った。

頭の動きに合わせて、艶やかな黒髪がきれいな円弧を描く。

ひとつひとつの所作が輝きを放つ、とかく目を惹く少女だった。

漂ってくる芳香に鼻先がくすぐられて、酷く落ち着かない気持ちにさせられる。

「それでは失礼します」

「失礼します」

余計なことは口にせず、ふたり揃って教師たちの巣窟を後にした。

職員室を辞し、無言で廊下を進む茉莉花。少し遅れて追いかける勉。

ふたりの歩みは同じ方向を辿っていた。クラスメートだから当たり前だ。

貴重な昼休みは終わりに近く、眠気との戦いが激化する午後の授業が待っている。

足取りは決して軽くならないが……勉は眼前に広がる光景に新鮮な感銘を受けていた。

——おお、これはなかなか。

学校のアイドルの後ろから見る世界は、未知の視覚的体験だった。

廊下を歩いていた生徒たちが無言で左右に退いていくのだ。

十戒で有名なモーセが海を割ったような一幕である。

もちろんこれは神の奇跡などではないし、彼らは別に勉に遠慮したわけではない。

前を行く茉莉花の剣幕に恐れ慄いて道を譲っているだけだ。

背後から見る彼女は、リズミカルに前後するスラリと伸びた白い脚が眩しかった。

ついでに揺れる黒髪の毛先と、スカートの上からでもわかるお尻の動きも魅惑的だった。

——ほう、あんなところにほくろがあるのか。

純白と思われた茉莉花の脚、右膝の裏にほくろを発見。

百パーセントのホワイトよりも、一点だけ黒がある方が印象に残る。

角度的にも距離的にもなかなか観察する機会がない部位だけに、妙な感動があった。

「……はぁ。うん……ありがと」

「ん？」

急に立ち止まった茉莉花が大きく息を吸って吐き出し、不意に感謝の言葉を紡いだ。

彼女の脚に気を取られていた勉は、それが自分に向けられたものであることを理解するまでに、わずかな時間を要した。

居心地の悪さを咳払いで誤魔化すのと茉莉花が振り返るのが、ほぼ同時。

ギリギリセーフ。おそらく。

「先生たちに睨まれてまで私を助けてくれたの、ほんと助かったたって思ってるから」

わざわざ言葉にするあたりが律儀だなと感心させられた。

勉が知る彼女は華のＪＫであり、クラスの中心人物でもある。

教室を世界に喩えるならば、さながら太陽のポジションと言ってもいい。

職員室で使われていたような敬語ではなかったにしても、茉莉花から素直に感謝の意を表されると、どうにも落ちつかない。

彼女の整いすぎた顔立ちの中でひときわ目立つ漆黒の瞳に意識を持っていかれそうになり、慌てて平静を装う。

ずり落ちた眼鏡の位置を直す余裕はなかった。

「別に気にしなくていい。俺と連中はもともと仲が悪い」

「そうなの？　ガリ勉って……あ、ごめん」

『ガリ勉』は勉強に熱心すぎる者に向けられる蔑称としての意味合いがあるが、今回の場合は勉のあだ名であった。

『かりや　つとむ』をモジった『ガリ勉』なる呼ばれ方は、いつの間にか定着していた。

初めて耳にしたときは『誰がつけたのかは知らないが、上手いこと考える奴がいるものだ』と呆れと納得がないまぜになった感想を抱いた記憶がある。

茉莉花が『ガリ勉』呼びを止めたのは、やはり彼女の律儀な性格ゆえのことだろう。

彼女はその呼称に侮蔑的な印象を抱いているようだった。

「狩谷君みたいな人って先生と仲いいのかと思ってた」

「それはないな。この学校で最も教師を嫌っている生徒は俺だ」

「……そうなの？」

「そうだ」

学校のそこかしこで教師にネガティブな感情を向ける生徒を見かけることはある。

ただの愚痴だったり、叱責に対する怨みごとだったり、理由は様々だ。

しかし、彼らの不満は概ね深刻なものではない。

「なんでって聞いてもいい？」

「大した理由でもない。あいつらは無能だ」

勉が教師を嫌う理由はシンプルだ。

無能。このひと言に尽きる。

授業中に自分が別の勉強をしているのは、教師たちのレベルが低いから。

県下一の進学校を謳っていても、しょせんは公立高校の枠内に過ぎない。

入学して幾ばくかの時間が経過して、その事実に辿り着き落胆を覚えた。

最初から教師にさしたる期待など抱いてはいなかったが、進学校を名乗るなら少しくらいは……と歯噛みしたくなる気持ちは消えない。

以後、勉はこの学校の教師ほぼ全員を毛嫌いしている。今までと何も変わらなかった。

「それは言いすぎじゃない？　狩谷君に合わせてたら他のみんながついていけないし」

「だからと言って、俺が放置されていい理由にはならないと思うがな」

フンと鼻息ひとつ。

授業料を（家族が）支払っている以上、勉には教育というサービスを受ける権利があるし、教師には教育というサービスを提供する義務がある。

『金は払え。あとは勝手にしろ』だなんて、サービス業的には問題外の言い草だ。

飲食店でアルバイトをしている身としては、文句のひとつも口にしたくなる。

「天才にも色々あるんだ。で、先生たちが気に食わないから私を庇ってくれたの？」

「そんなところだ。それだけでもないが」

勉は天才ではないと自認しているが、訂正はしなかった。

正確には、それどころではなかった。

大粒の黒い瞳で間近から覗き込まれると心臓に悪い。

そっと目を逸らして顎を撫でながら勉は口を開いた。

「うちの母親がな」

「え、ガリ……狩谷君のお母さんがどうかしたの？」

「まぁ、ずっと働いている人で、どんな時でも化粧を欠かさない人でな」

「それで？」

「『メイクを決めると気合いが入る』と言っていた。実際のところどうなっているのかはともかくとして……俺は学校にメイクをしてくることを悪いとは思っていない」

「えっと、つまり……」

勉の話を聞いていた茉莉花は訝しげに眉を寄せた。

「マザコンなの？」

「……」

一段と大きくずり落ちた眼鏡の位置を中指で戻(もど)す。

あまりと言えばあまりな言葉に、指の震えが抑(おさ)えられない。

「じょ、冗談(じょうだん)だから、冗談。で、どう思う？」

「どう、とは？」

問い返すと、茉莉花は振り向いて遠くに目をやった。視線の先は——職員室。

「先生たち。自分のメイクを落としてまで、私たちに押(お)し付けてくるかな」

「ないな」

即答(そくとう)した。

断言した。

「そうよね」

茉莉花も同意した。

「うちの教員って半分は女の人だし。社会人が職場ですっぴんとかありえないし」

「まったくだ」

同感だった。年中ジャージの生徒指導は教え子たちに向き合いすぎたばかりに、同僚(どうりょう)の姿が見えていなかった。

そこに大きな隙があった。

理屈をこねようが情に訴えようが、校内の権力を握る教師を翻意させるのは至難の業。

生徒の立場で教師に立ち向かうのは非効率。

だから、教師たちが相争う展開に仕向けた。

趣味に合わないことを承知の上で注目を集めたのは、生徒がやれば校則違反と叱られるようなアレコレに勤しんでいる連中にも話を聞かせて状況に巻き込むためだった。

『生徒VS教師』では勝ち目がなくとも『教師VS教師』なら……生徒指導教諭がどれだけ息巻いたところで、人数の差で押し切られるのが関の山。民主主義において戦いは数だ。

「狩谷君って意外と悪辣だね」

「……褒められたと受け取っておく」

「何か意外。イメージと違うってゆーか」

「いったいどんなイメージを持たれてるんだ、俺は」

勉のボヤキに茉莉花は口の端を持ち上げた。

「それは秘密。だけど……感謝してるのはほんと。借りは絶対返すから」

微笑みひとつ残して、茉莉花は歩みを速めた。

なかなか一筋縄ではいかない人物らしいが、見た目は完璧なスーパーアイドルだ。

ひとつひとつの所作がとにかく華やかで、ごく自然に目も意識も奪われてしまう。

ミスコン覇者の肩書は伊達ではなく、近距離からのスマイルは破壊力抜群だった。

「……その笑顔だけで十分だ」

「何か言った？　もうすぐ昼休み終わっちゃうよ！」

「それほど化粧濃くないな、と言った」

「それはもう、素材の良さを生かしてますから」

足を止め、振り返ってウィンクひとつ。

茉莉花の口から出てきたのは、自信満々なセリフだった。

「は？」

「何でもない。ほら、授業始まっちゃうよ」

あまりにも堂々とし過ぎていたので、呆気にとられてしまった。

『何でもない』と返す口調にも、照れもなければ衒いもない。ナルシストな気配もない。

不自然なまでに自然過ぎる茉莉花の強者なスタンスに、勉は驚愕を隠せなかった。

――まぁ、いいか。

リアル女子に関わるなんて柄じゃない。

そう思いはしても、悪い気はしない勉だった。

職員室で揉めようと学校のアイドルと絡もうと、高校生の日常は粛々と営まれていく。

学校、アルバイト、そして家事。予習復習も欠かせない。あっという間に時間が過ぎる。

今日も今日とてやるべきことをやっつけた勉は、風呂に入って汗やら埃やら疲れやら何やらをサッパリ洗い流し、ベッドに倒れ込んでスマートフォンに指を這わせた。

ＲＩＫＡ@裏垢
今日は嫌なことがあったから見せ

※

「む……」

ありがたいことに、本日も『ＲＩＫＡ』の投稿があった。

時計をチェックすると、ほぼ定刻どおり。

これだけしっかり時間を守るとなると、彼女は存外に律儀な性格をしているのかもしれないと感心してしまった。

さて、律儀（仮）な『ＲＩＫＡ』が身に纏う本日のコスチュームは……

「ダメだったか」

額を押さえ、天井を仰いで慨嘆した。

ひとしきり無念を噛み締めた後は、いつもと同じく画像に目が釘付けになる。

今日の写真は『ＲＩＫＡ』にしては露出度が低かった。

メリハリの利いたナイスバディの大半は真紅の布地に覆われている。

肌が見えるのは、腰あたりまで切れ上がったスリットから覗く美脚と両腕ぐらいのもの。

「しかし……チャイナドレスもいいぞ！」

バニーガールを所望したが、チャイナドレスもよく似合っている。

程よい肉付きのスラリとした白く長い脚がこれでもかと強調されており、今までの写真と比べても神がかっている。

これを選んだ奴は『わかってるな』と認めるしかない。

どこの誰かは知らないが……メラメラとライバル意識が燃え上がってくる。

他人に対抗心を抱いた経験なんて、勉の人生において片手の指で数えられるほどのこと。知らず知らずのうちにこぶしを握り締め、『次こそは……ッ』と心に強く誓った。

閑話休題。

「ふむ……やはりチャイナドレスは中国が生んだ最高の文化だな」

『狩谷　勉』の脳内中国は、ラーメンと三国志とチャイナドレスでできていた。チャーハンや餃子も気分次第で混ざってくる。

自分の希望が採用されなかったことは残念ではあるが、チャイナドレスな彼女もまた至高のお宝であることは間違いない。

そっと手を合わせて拝み、慣れた指さばきで画像を保存した。

『ＲＩＫＡ』の名を冠したフォルダは、こうして日々コレクションを肥やしている。

それにしても……今日の更新には気になる部分があった。

「『嫌なこと』か。何かあったんだろうか？」

『ＲＩＫＡ』が写真と一緒にコメントを投稿することは珍しくない。

概ね『〇〇だから見せ』みたいな形式で前後の脈絡なく露出する。

本日の『〇〇だから』の部分は『嫌なことがあったから』だった。

ただの枕詞なら気にするほどのことでもないが、わざわざ『嫌なこと』と言及しているあたりが微妙に引っ掛かる。

現にツイートに連なるリプライでも、彼女を気にかけるコメントが散見された。

記憶を遡っても、これまでの投稿でネガティブな単語を目にした覚えはなかった。

同情を誘っていると思われそうな言い回しは意図的に避けている印象があったのに。

彼女の身に起きた今日の出来事とやらが、よほど腹に据えかねたと思われる。心配だ。

「もしトラブルのせいで投稿を止めるとか言い出したら……死ねるな」

この手のエロ裏垢は別に『ＲＩＫＡ』だけではない。

それでも、今の勉にとって一番のお気に入りが彼女であることは間違いない。

彼女の画像がこれ以上見られない未来を想像するだけで、生きる気力の減退がヤバい。

もはや心の胃袋をガッツリ掴まれているのだ。

『ＲＩＫＡ』がアカウントを削除したら精神的飢餓で発狂するかもしれない。

だからと言って、勉に出来ることは何もない。

歯がゆさのあまり胸を掻きむしりたくなるが、それが現実だった。

ＳＮＳの中で輝く少女（勝手に美少女を思い描いている）と自分には、接点と呼べるものは存在しない。

――『ＲＩＫＡ』さん……

彼女に思いを募らせる自分に驚きを禁じ得なかった。

リアルの『狩谷　勉』が異性と関わりを持つことはない。

例外は母親と義理の妹ぐらいで、ふたりはどちらも家族である。

とことん女っ気のない自分が異性の心情を慮ったり、あれこれ心を煩わせている。

投稿の継続云々はあくまで勉の事情だが、彼女を案ずる気持ちに嘘はなかった。

現実（?）の、それも同年代の女性相手にここまで頭を悩ませた経験はない。

しかも、肝心の相手は住所や氏名どころか顔すら謎に包まれているときた。

ならば、せめて——

「応援、してみるか」

ふと、思い立った。

彼女のために自分に出来そうなことが他に考え付かなかった。

『ＲＩＫＡ』の力になりたい。

その気持ちがかつてないほどに強く胸の内に膨らみ、長らく頭の片隅を占領していた怯えを大きく上回った。

——俺はいったい何を慄いていたのやら。

今の今まで臆病を拗らせていた自分を嗤いたくなる一方、つい先日コスチューム募集のコメントに反応したおかげで心理的なハードルが下がった影響ではないかと、脳内の理性的な部分が苦笑している。

つまり、チキン度合いは大して変わっていなかった。

「さて……」

たかがコメント、されどコメント。

憧れの存在である『RIKA』に声をかける。

改めて考えてみると、妙な高揚感が込み上げてくる。

教室でアイドルやタレント談議に花を咲かせる同級生を笑えない。

『なるほど、彼らもこんな気持ちを抱いていたのか』と新たな知見を得てしまった。

しかし——指が動かない。

なぜ動かないかと言えば、その答えは極めて単純で。

「……こういうときに、どういうことを言えばいいんだ？」

彼女を元気づけるコメントを投稿しようと頭を捻ってみたが、何も思いつかない。

だから、指が固まってしまった。

ただ単に、それだけのことだった。

もとより勉は雄弁なタイプではない。

付け加えるならば、人の心の機微に疎い自覚はある。

寄り添うとか慰めるとか、そっち系の語彙が根本的に足りていない。

「思いつかないで済むか。考えろ……考えるんだ。それしか取り柄がないんだぞ、俺は」

彼女に降りかかった（と推測される）トラブルの概要を知ることはできない。

だから『もしも自分が厄介ごとに襲われたら』と置き換えて想像する。

「むむ……これは、こういうときは……」

口を閉ざして眉を寄せ――首を横に振った。

「頑張れ……はダメだな」

自分が何らかの揉め事に巻き込まれたと仮定したら……安易に、または無責任に『頑張れ』と言ってほしくはなかった。

なぜなら――他ならぬ勉自身が『頑張れ』の裏に『まだ頑張る余地があるだろう？　なぜ、もっと頑張らない？』という声にならない批判的な意図を感じ取ってしまうから。

邪推かもしれないが、『ＲＩＫＡ』が同じように捉える可能性はゼロではない。

――チッ。

自身の半生を振り返ってみれば、似たような経験が何回かあった。

『頑張れ』と口にした方は、きっとそこまで意識してはいなかったと思う。

勉だって頭では理解している。それでも、言われた方はたまったものではない。

『狩谷　勉』は決して順風満帆な人生を送ってきたわけではない。口に出すことはなかったが、誰かの何気ないひと言で怒りが天元突破しかかったことは一度や二度ではない。

『ＲＩＫＡ』は誰かに言われるまでもなく限界近くまで頑張っているかもしれない。

普段のツイートを見る限りは、元来あまり弱音を吐かない人物に見受けられた。

そんな彼女の抑えきれない感情が溢れたと見るなら、『頑張れ』は迂闊に口にできない。

――ならば、どんな言葉をかけるべきか？

スマートフォンを前に、しばし瞑目。

『毎日生きる気力を貰っています。ありがとうございます』

悩んだ末に勉の指が紡いだ言葉は、『ＲＩＫＡ』のコメントとは何の関係もない代物になってしまった。

どこからどう見ても百パーセント自分の都合しか存在しない。あまりの身勝手ぶりに『これはダメだろ』と投稿してから自らダメ出ししてしまうほど。

「やっぱり消すか……って、な、何だと……」

『ＲＩＫＡ@裏垢さんが返信しました』

『生きる気力とか大げさすぎ。でもありがと！　ちょっとアガった』

ディスプレイに触れかけていた指が震えた。

「へ、返信が来た⁉」

表示されている文字を何度も読んだ。

読み間違いはない。『ありがと』と書いてある。感謝されている。

ＩＤも確認した。なりすましの類でもない。『ＲＩＫＡ』本人からのコメントだ！

「おお、おお……」

想いは言葉にならないままに口から零れた。

たったこれだけ。

たったこれだけの返信に、胸の奥から湧き上がってくる感動があった。

ついさっき自分でダメ出ししたことは、頭のどこかにすっ飛んで行った。

対人コミュニケーションに難ありの自覚があるだけに、この返信は格別に嬉しかった。

自分の言葉が誰かを元気づけることができたのだという達成感と、感謝に対する感謝に我知らず打ち震えた。

――勇気を出してコメントしてよかった。

嫌なこともあった一日だったが……ただひと言で救われた。

応援するつもりが応援されてしまった。

「ぐぬぬ……これはいったいどうすれば……」

溢れかえる思いのやり場が見つからない。

とても困る。うれしい誤算だった。

ＲＩＫＡ＠裏垢
いいことあったから、おかわり！

※

想定外の展開に感動していると、タイムラインに新しい画像が追加された。今度はバックショットだ。

真紅のチャイナドレスのスリットから零れる真っ白な脚が眩(まぶ)しすぎた。

もちろん、速攻(そっこう)で保存した。

「ふぅ……それにしても、やっぱり『ＲＩＫＡ』さんは最高だな」

独り言ち、勉は口元を歪めた。

いつも同じことを口にしている気がしたからだ。以前の声が耳の奥に残っていた。

――事実なので何も問題はないな。

ひとり納得して、鼻歌交じりで『ＲＩＫＡ』フォルダの画像をスクロールしていく。

最初に投稿されていたのはショートパンツを穿いた下半身の画像。

頬ずりしたくなるような白い脚に魅せられて、ノータイムでフォローしたことを覚えている。

「このあたりは、まだ言うほどエロ画像って感じじゃないな」

初期の写真は普通に服を着ているものが多かった。

だんだんと下着をチラ見せしたり、アングルを工夫し始めたり……

順を追って目を通していくと、投稿されている写真が徐々に過激なものになっていることに気付かされる。

それは自己顕示欲もしくは承認欲求の肥大化を顕しているのかもしれない。

彼女は何か深刻なトラブルに見舞われていて、心が悲鳴を上げているのかもしれない。

無責任にエロ画像を楽しんでいる自分を情けなく思うも、同時にどうしようもないとも思う。彼我の距離はそれほどに遠い。ほぼ無限大と言っても決して大げさではない。

「でも、さっき繋がったな」

元気を出してほしいと願い、応援（？）のコメントを投稿した。

内容はかなり酷いものであったが、なんと当の本人から返信があった。

これまで勉は『ＲＩＫＡ』のことを現実から断絶した世界に住む宇宙人のような存在だと認識していた。

違った。彼女もまた、この国のどこかで暮らしている普通の女子高生（仮）に過ぎない。

「……」

無意識のうちに、彼女がツイッターで拡散してきた自撮り画像を一枚一枚検分していた。

別に深い意味があるわけではない。

コメントを貰って舞い上がり、これまでの思い出を振り返りたくなっただけのこと。

たったひと言で更にハマり込んだ。『我ながらチョロいな』と苦笑せざるを得ない。

勉のスマートフォンに収められた『ＲＩＫＡ』の投稿画像は多彩にして多数に及ぶ。

収集した写真を見直すだけでバカにならない時間が消し飛んでいくが……問題ない。

——たまには息抜きも必要だ、うん。

ひとりで頷き、ディスプレイに指を滑らせる。

どれもこれもお宝画像だらけで目も心も幸せになれる。

「……む？」

写真を眺めていると、妙な引っ掛かりを覚えた。

何が気になっているのか、自分でもよくわからなかった。

「なんだ？」

見慣れた写真を前に変な気分になった。気に障るわけではないが違和感があった。

『何かあるのか？』と訝しみ、『もし何かあるのなら』と気合を入れ直した。

『RIKA』がSOSを発信しているとかだったらシャレにならない。

姿勢を正し眼鏡を拭いて、改めて画像に目を凝らす。

『勘違いでは？』と口の中で何度も唱えたが、止められなかった。出歯亀根性から始めた軽い暇つぶしと笑うにしては、ディスプレイを睨む目は本人の想像以上にガチだった。

遠くに離して、近くに寄せて。上から下から横からなどなど……

「気のせいか……どこかで見たことがあるような」

アカウントを発見してから今日までの間に、数えきれないほどの写真を閲覧してきたが、コスチュームや構図が被っているとか、その手の単純な話ではなさそうだった。

引っかかっているのは、記憶だ。

写真と記憶が重複している、すなわち現実のどこかで直に彼女を目撃した気がするのだ。

バカバカしいと思った。これだけの魅力的な肢体、一度でも目にすれば絶対に忘れない。

そもそも十六年と少々に及ぶ勉の人生において、異性との関わりはそれほど多くはない。

『ありえない』と口に出して笑う裏で——脳の一部が記憶との照合を自動的に続けていた。

幼少期に出会った人間は除外できる。当時の姿とスマホ内の画像が一致するわけがない。

リアルで見たことがあるとすれば、割と最近のはずだ。もっと数は絞られる。

母親、義妹、クラスメート、教師。バイト先の店員は男ばっかりなので除外。

「お袋のわけがない。義妹も違う。教師……違う。となると……」

服の上からでもハッキリわかる圧倒的ボリュームで存在を誇示する胸。

胸のふもとからきれいにくびれが描かれ、腰を経て下半身へ向かう曲線。

お尻の位置は身長に比して高い。身長そのものも同年代の女子にしては高そう。

スラリと伸びながらも柔らかそうな白い脚。腰まで届くストレートの黒髪。

写真の中の『ＲＩＫＡ』はいつも堂々と大胆なポーズを決めている。

指先まで整えられたシルエットからは、自身に強い自信を持っていることが窺えた。

——どこだ……どこで見たんだ？　いや……それ以前にだな……

　昨日までは違和感なんてなかったのに。

『ＲＩＫＡ』の画像は毎日見ているのに。

毎日欠かさずお世話になっているのに。

どうして今日になって突然疑問を抱く？

——昨日と今日で『何か』が決定的に異なる……違う、そうじゃない。

「会っているとしたら今日……なのか？」

自分の唇から零れた推論を捉えた自分の耳を疑った。

この仮説が正しいとすると、該当する人物はほとんど存在しない。

「これは……『ＲＩＫＡ』さん、こんなところにほくろがあったのか」

目についたのは、おかわりで更新されたチャイナドレスのバックショットだ。

スリットから大胆に露出している右脚、その膝の後ろに小さなほくろがあった。

「ん？」

——膝の裏にほくろ？

今日。

膝の裏にほくろ。

同年代の女性。魅力的な肢体。

バラバラの情報が脳内で繋ぎ合わさって、ひとつの回答を組み上げていく。

「……これ、立華か？」

立華。

『立華　茉莉花』

同じクラスの女子。

昨年の文化祭で開催されたミスコンを制覇した校内一の美少女。

職員室を出て前を歩いていた姿が思い出される。

校則違反な短いスカートの裾から伸びる白くて長い脚。

彼女の膝の裏にほくろがあることを知ったのは——今日だ。

膝の裏なんて部位はマニアックすぎて、観察する機会はなかった。

——今日までは。

彼女の艶やかな黒髪は腰のあたりまで伸ばされていて。

彼女はクラスの中心に位置して、常に堂々と振る舞っている。

——ロングストレートの黒髪、自信に満ちた佇まい。

どちらも『立華　茉莉花』と『ＲＩＫＡ』に共通している。

「ま、まさかな」

喉を通って出た声は、妙にひび割れて聞こえた。

スマートフォンのディスプレイに映った勉の口元は、いびつに曲がっていた。

『ＲＩＫＡ』は日本のどこかに実在していても、自分とは縁のない人間と決めつけていた。疑問を抱いたことはなかったし、残念だと思ったこともなかった。それでいいと納得していた。納得しているつもりだった。

でも……

『嫌なことがあった』

投稿に付されていたコメントが思い出される。

ちょうど今日、茉莉花にも嫌なことがあった。

生徒指導教諭に難癖付けられて、無理やりメイクを落とさせられそうになっていた。

合致する。合致してしまう。

貯め込んだ画像を見れば見るほど、『ＲＩＫＡ』と茉莉花のイメージが見事に被る。

今まで気付かなかった自分の鈍感さに目を覆いたくなるほどに——似ている。

「……冗談じゃなくて、本当に立華なのか？」

唾を飲み込んだ。喉はカラカラに干上がっている。

「どうすればいいんだ、これは……」

まだ、あくまで可能性の段階だ。

この世の中には瓜ふたつの人間が三人は存在するという話を聞いたことがある。

『立華　茉莉花』と『ＲＩＫＡ』はただのそっくりさん。

『ＲＩＫＡ』の顔は知らないが、そう考えたほうがよほど納得できる。

『真実を知りたい』と思った。『知ってどうする?』とも思った。

事が事だけに、そうそう簡単に誰かに相談することもできない。

目を閉じてベッドに仰向けになって大きく深呼吸。口から漏れる吐息が熱い。

いつの間にか全身からおかしな汗が噴き出していて、嫌な湿度を感じた。

開けっ放しになっている窓から流れてくる風も、やけに生ぬるかった。

第４章　ガリ勉くん、対峙する

@URAAKASAN

教室で、うつらうつらと舟を漕いでいた。

今日も朝から勉強三昧、昼食を腹に収めてひと心地。

何もかもがいつもと変わらぬ平穏な日常……のはずだったのに。

ふと気を抜くや否や猛烈な眠気が襲ってくる。どう考えても寝不足である。

昨晩の寝つきがイマイチよくなかった。原因は明らかか過ぎるほどに明らかだった。

勉が睡魔と戦う羽目になった元凶は、教室のど真ん中で今日も輝いていた。

『立華　茉莉花』

彼女の存在そのものが、教室を明るく照らしている。

――立華が『ＲＩＫＡ』さん……裏垢……

心の声を外に漏らさぬよう注意を要した。誰かに聞かれたらシャレでは済まない。

茉莉花が勉の推し裏垢『ＲＩＫＡ』の正体である……この仮定は、現段階では想像の域を出ない。

たまたま目にしたふたりの共通点――膝裏のほくろが一致しているだけ。

つまり、与太話と大差ない。

昨夜あれから裏垢について再びインターネットで検索してみたが、内容は以前に見た時と変わらなかった。裏垢でエロ自撮りを披露するタイプの女性は孤独感に苛まれ、承認欲求に駆られている場合が多いと複数のサイトで記載されていた。

『孤独感』にせよ『承認欲求』にせよ、教室の中心でクラスメートに囲まれて眩しい笑顔を見せる茉莉花には、まるで似つかわしくない。

――やはり勘違いではなかろうか。

実際に本人を目にすればするほど、『立華　茉莉花』と『ＲＩＫＡ』が同一人物などと言うのは、勉の失礼な妄想ではないかと思えてくる。

ただ……妄想であるならば、妄想を抱くことになった原因がないと話が合わない。

茉莉花を裏垢女子扱いしたい理由など、どれだけ考えてもまったく見当がつかない。

「よっ、なに見てんだ、勉さん」

「……天草か」

頭上から降ってきた声に思考が中断させられる。

眼鏡のレンズ越しに見上げると、軽薄な笑みを浮かべた男の姿があった。

『天草　史郎』

校内における――校外を含めても――勉の数少ない友人のひとりである。

軽く色の抜けたナチュラルな茶髪。身長は勉よりも高く、顔立ちは整っている。

クラスメートから距離を置かれがちな勉とは異なり、史郎は男女を問わず人付き合いが上手い男だった。

「おう、史郎さんだ。んで、なに見てんの？」

「……別に」

曖昧な返事をスルーした史郎は、空いていた前の席に腰を下ろす。

緩い眼差しで勉の視線を追いかけて、得心がいった様子で頷いた。

「あ～、立華さんか」

「別に立華を見ていたわけではないが」

睡眠不足で頭が回っていないところに直球で図星を突かれて、動揺を隠し切れなかった。

あせり気味な勉の反応を意に介することなく、史郎は宥めるような口調で話を続ける。

「まぁまぁ、素直になりなさいな。いいよな、立華さん。目の保養になる」

うんうんと首を縦に振り、ひとりで納得している。

「ついに春が来たってか？」

「もうすぐ夏だぞ」

ゴールデンウィークが終わったとはいえ、まだ五月。

日本の季節的には夏より前に梅雨が待ち構えている。

『もうすぐ夏』は著しく正確さを欠く言い回しだった。

「ははは。そうやってごまかしにかかってくるところから察するに、本気か」

「本気も何も……確か彼氏がいるんじゃなかったか、立華は」

「立華さんを見ていたことは認める、と」

「……」

指摘されて押し黙らされてしまう。

何か気の利いた反論を口にしないと、さらに突っ込まれること間違いなしだが……

「そのとおりだ」

軽く肩を竦めて肯定した。これ以上抵抗することに意味を感じなかった。

茉莉花に懸想する男子は少なくないし、彼女は常に注目を集める身だ。

勉が見ていたところで不思議はない。無理に否定する方が胡散臭い。

へらりと緩く表情を歪めた史郎が、勉の耳元に口を寄せてくる。

「素直になった勉さんに最新の情報をプレゼントだ。彼女、今はフリーだぞ」

「そうなのか？」

方々に多数の知己を持つ史郎は、情報収集能力が高い。

特に男女の関わりにまつわるネタを好む傾向があり、その手の話題が絡む状況では性別の如何にかかわらず重宝されている。

友人の特性については知っていたが、自分が世話になるとは思ってもいなかった。

「彼氏ではなく元彼氏か。ややこしいが……サッカー部だったか」

「バスケ部だな。サッカー部はその前」

「お盛んなことだ」

スタイル抜群の美少女。

文武両道のスーパースペック。

見て楽しくて話して楽しい学校のアイドル。

そんな茉莉花を狙う男子は先輩後輩の別を問わず、数知れず。

「あの手のヒロインは誰とも付き合わないってパターンがデフォなんだけどねぇ」

「そういうものなのか？」

「おうよ。そういうものだぜ」

愛だの恋だのに縁がない勉からすると、彼女のような人気者は交際相手に事欠かない印象があったのだが。

リアルどころか古今東西のドラマや映画から漫画(まんが)やアニメまで手を広げている史郎は、完璧(かんぺき)なヒロインは誰とも付き合わないものであってほしいとこぶしを握(にぎ)って力説した。

――ん？

ふいに疑問が思い浮かんだ。

「天草はどうなんだ？」

「ん？　オレ？」

自分の顔を指さした史郎に頷き返す。

性別は違えど、この男も茉莉花に負けず劣(おと)らず人気がある。

優良物件同士で釣(つ)り合いが取れているのではないかと思えたのだが。

「立華さんなぁ……う～ん、見てるだけでいいわ」

「ほう、それはまたどういう理由で？」

悩ましげな顔から繰(く)り出された意外な回答、そのギャップに興味をそそられた。

勉の知る限り、史郎は異性愛者だ。

思春期男子らしくエロいことも大好きだ。

茉莉花のことを美少女であるとは認めている。

……にもかかわらず見ていいとは、どうにも解せない。

「珍しいな。お前さんがこの手の話題に食いついてくるってのは」

「そうだな。俺も驚いている」

これまで勉はあまり他者に関心を示してこなかった。

そんな勉にとって『天草　史郎』は極めて例外的な存在だった。

史郎は持ち前の人懐っこさを活用し、勉の都合などお構いなしに絡んできたのだ。

とある筋で利害の一致をみる間柄ではあっても関わりは最小限に留めようとしたのに、この男は飄々とガードをすり抜けてきて……いつしか普通に話すようになっていた。

――ありがたいことだよな。

心の中で独り言ちた。決して口には出さない。

それでも……史郎が相手であっても、これまで踏み込んだ話をしたことはなかった。

だから、いつもの仏頂面の裏で本当に驚いていた。

「それはアレか？　自分のことが自分でよくわかんねーって奴か？」

「そんな感じだな。それで、どうして天草は立華に興味がないんだ？」

「興味がないとは言ってないぜ」

「興味があるなら見てるだけにはならんだろう？」

机に肘をついて顎に手を載せ、平静を装って尋ねた。

視線は笑顔を振りまく茉莉花に固定されたまま。

「ふ～む……お前さんがオレやほかのクラスメートに意識を向けるのはいいことだと思うし、コイツは真面目に答えてやりますか」

「適当に答えるつもりだったのか？」

追及すると史郎は『相手によるな』とニヒルに口元を歪めた。

茶色の髪をかき上げ、しばし視線を宙に彷徨わせてから――おもむろに口を開く。

「お前さんの言うとおり、オレだって立華さんに興味はある。でも……立華さんはオレに、いやオレたちに関心がないように見えるのよ。だからまあ何と言うか……要するに一方通行って感じがするんだな、これが。まともに付き合おうとしても虚しくなるだけさ」

「関心がない？」

意外な答えだった。

あれだけ人に囲まれていて？

あれだけ笑顔をふりまいているのに？

それ以前に、関心がないのに交際するという発想が理解できない。

――天草を疑いたくはないが、根拠はあるのか？

下手をしなくとも人格攻撃に繋がりかねない話題なのだ。

相手が貴重な友人であっても、バカ正直に『なるほど』とは頷けない。

疑惑は言葉ではなく視線によって、眼鏡越しのストレートで史郎へ突き付けられた。

「……渋い顔をしなさんなって。理由はある」

「そうか」

「おう。いいか勉さんや、耳をかっぽじってよく聞けよ。もしも彼女がちゃんと相手に関心持ってるんならさ、あんなに取っかえ引っかえしないだろって思うわけよ、オレは」

——それは……そうかもしれんな。

『立華　茉莉花』の異性交遊は華々しく、そして激しい。

これまでに多数の男子と交際してきた彼女だが、ひとりの男子と長続きした例はない。

圧倒的なカリスマ性ゆえに表立って非難されることこそないが、裏ではかなりボロクソに貶されているとの噂を耳にしたこともある。

——わけがわからん。

『関心がないから、我慢してまで交際を維持しない？』

『関心がないなら、最初から交際を始めないのでは？』

彼女を取り巻くふたつの謎は矛盾していると思われた。

「あ、こっち見てるぞ」

「うん？」

史郎の声で、思考の海に沈みこんでいた意識が浮上した。

視線を戻すと——茉莉花の黒い瞳が勉を射貫いている。笑顔。

ゾクリとした。得体の知れない震えが背筋を駆け上がっていった。

「ねぇ、狩谷君。『狩谷　勉』君」

授業を終えて放課後を満喫するクラスメートを尻目に、勉はひとり教室を後にした。

昇降口で靴を履き替えて下校しようとしたタイミングで、背後から声をかけられた。

名前を呼ばれなければ、その声が自分に向けられたものだと気付くことはなかった。

聞き覚えのある声に驚きを覚えて振り向くと——そこには予想どおりの人物がいた。

予想どおりと言っても普段は縁のない相手。返事をする前に一瞬身構えてしまった。

「立華か。どうかしたのか？」

チャームポイント盛り盛りな学校のアイドルこと『立華　茉莉花』が笑顔を向けてくる。

その笑顔は心惹かれるものだったが……同時に抗い難い圧力を感じた。

向かい合っているだけで首筋がチリチリする。

「ん～、ちょっと聞きたいことがあって。今から時間ある？」

茉莉花は軽い口調で尋ねてきた。

勉は首を横に振った。

「悪いがアルバイトに行かなきゃならん」

「学校から直接？　いったん家に帰るの？」

「……一度帰る」

「じゃあ、狩谷君の家まで一緒に。どうかな？」

否定の返事に眉をひそめた茉莉花が、改めて表情を華やかせ直して踏み込んでくる。

距離が詰まると、勉より背が低い学校のアイドルの眼差しがわずかに上を向いた。

偶然にしてはできすぎた実にあざとい絵面を前に、本能的に表情筋が強張った。

「あまり時間はないぞ」

「え？　ひょっとして学校から近いところに住んでる？」

「ああ」

「もしかして、ひとり暮らしだったりして？」

「もしかしなくてもひとり暮らしだ」

「へぇ……何か意外。狩谷君ってイメージとかなり違うね」

イメージと違う。昨日も同じことを言われた。

いったいどんな印象を持たれているんだ？

問い質したい気持ちとスルーしたい気持ちがぶつかり合って、後者が勝った。

触らぬ神に何とやら、だ。

――さて、どうしたものか。

それとなく周囲の様子を探ると……案の定、視線を集めている。

勉が特別に何かをしているわけではない。原因は眼前に立つ茉莉花だった。

ミスコン覇者の肩書を抜きにしても、この美少女はとにかく衆目を惹きまくる。

このままふたりで並んで帰宅するとなると、道中の居心地の悪さは半端なさそうだ。

反面、茉莉花を無下に撥ね付けてしまうと、全校生徒（特に男）の敵意を買いかねない。

他人の視線なんぞ何するものかと笑い飛ばすことはできても、まだ二年近くある高校生活から平穏が失われかねないリスクは決して甘く見積もることはできなかった。

――理不尽だな。

人目があるところで声をかけられた時点で、すでに逃げ道が塞がれている。

ため息ひとつ吐き出して、腹を括(くく)った。

「いいだろう、一緒に帰ろう」

「断られなくてよかった。ちなみに私の家は……たぶん逆方向かな」

「……そうか」

「私ってほら、電車通学だし。大丈夫(だいじょうぶ)、駅まで送ってほしいとか言わないから」

茉莉花は眩しげな微笑(びしょう)とともに『安心した？』と付け加えた。

「それで、聞きたいこととはいったいなんだ？」

ふたりで並んでしばらく歩いたものの、会話らしい会話はひとつもなかった。

こんなときに振るべき話題のストックなど確保していなかったし、茉莉花が知りたがっていることが気になりすぎた。

学校からは十分に距離を取った。周囲に生徒がいないことも確認済み。

人に聞かれたくないことを尋ねるなら、今が絶好の機会に違いない。

……にもかかわらず、いつまで待っても茉莉花は動きを見せない。

悠然と歩みを進める彼女に焦れ、やむなく勉が話を切り出した。

――聞きたいことがあるのは俺の方なんだが。

不満たらたらな内心を隠し、横合いから出方を窺っていると――

「今日さ……狩谷君、ずっと私のこと見てたでしょ」

「ゴホッ」

むせた。

「な、な、何をいきなり」

「昨日は先生相手に毅然としてたのに、この程度で動揺するとか可愛いね」

「か、可愛い⁉ いや、それはともかく、何でまた急に……」

耳を疑った。

生まれてこの方『可愛い』なんて言われたことがなかった。

褒められているのか、貶されているのか。どうにも意図が掴めなかった。

隣を歩く茉莉花をまじまじと見つめると、美貌に意味ありげな笑みが浮かんでいる。

「何でわかったかとゆーと……私も狩谷君のことを見てたから」

「……それはまたどうして？」

「う～ん、運命？」

煌めく黒い瞳と目が合った。

――目と目で通じ合う……なわけあるか。

ワザとらしくロマンチックな言い回しを用いられていると気付くと、沸騰しかかっていた感情が一気に冷めた。

「あ、冷静に戻っちゃった」

「それはもういいから」

「はいはい。昨日言ったでしょ。『お礼する』って。チャンスを狙ってたの」

まぁ、何もなくてもふつーに気づいたと思うけど。

風に靡く黒髪を押さえ、茉莉花は何気ない口ぶりで補足してくる。

校内一のカリスマ美少女は、人目を集めることに長けているだけでなく、人に見られることにも長けていた。

曰く、自分に向けられる視線を無意識のうちに肌で感じられるとのこと。

「なんだその特殊能力」

「特殊能力って……あはは、何それ。ただの慣れだから、慣れ。えっと……昼休みだね。天草君とふたりで私を見て何か話してた」

――あの時か。

茉莉花と目があったときのことが思い出された。

「天草君と仲いいんだね。ね、どんなこと話してたの？」

「……天草は誰とでも仲良くなる奴だぞ？」

「そう？　私は『距離置かれてるな～』って思ってるんだけど」

――鋭いな。

茉莉花の感想は直球に過ぎて、どう返したらいいものか対応に迷う。

『見てるだけでいい』と薄く笑った史郎の態度は、彼女の言葉どおり『距離を置く』と評するのが相応しかったが、ここで『立華の言うとおりだな』とは答えづらい。

「アイツと何かあったのか？」

「さぁ？　天草君のことは別にいいじゃん。話が逸れてるよ」

「自分で話題を振っておいてそれか」

「ええ。天草君なんか今は関係ないし」

――また、あっさりと……。

茉莉花に笑顔で『関係ない』とか言われたら、男子の心はバキバキに折れてしまう。

本人に自覚があるのかないのか……自覚があるなら悪魔的だ。

小悪魔なんて可愛げのある表現は適切ではない。

「……立華の交際は長く続かないとか、そういう話だった」

「私？　ああ、サッカー部の？」

「バスケ部だったような」

「両方とも長続きしなかったなぁ。ふ～ん、男子ふたりでそんなこと話してたんだ」

「そんなことを話していた」

「どうして？」

「……どうでもいいだろ、それは」

詳しく説明する気にはなれなかった。

史郎にも核心には触れさせなかったが、元をたどれば学校のアイドル『立華　茉莉花』とカリスマ裏垢女子『ＲＩＫＡ』が同一人物ではないかと疑ったところから、すべては始まっている。確証もないのに当の本人に話せることではない。

「そうでもないかも」

「と言うと？」

「もし狩谷君が私に興味があるなら、昨日のお礼を兼ねてデートするとか。どう？」

「お礼にデートって、自分に自信ありすぎないか？」

額に手を当てて胸に溜まった熱を吐き出す。

茉莉花の思考はどうにも理解しがたい。

たかが教師から庇ったただけなのに、お礼にデートだとか。

デートをお礼と称しても傲慢にも嫌味にも聞こえないのが、いかにも彼女らしい。

「確かに上から目線だったたね。狩谷君はもっとえっちなお礼の方がいい感じ?」

「どうしてそうなる」

方向転換が激しすぎる。

しかも名誉棄損気味ですらある。

——いや、問題はそこではなくてだな……

『えっちなお礼』なんて言葉が茉莉花の口から出たことに驚いた。

唐突ではあるにしても垂涎ものの提案だったたが、表立っては心外だと意思表示しておく。

微妙に揺れる勉の内心を見透かしたように茉莉花は口元を歪めた。

「視線。さっきから見すぎ」

白い指が勉の眉間に伸びてきて、眼鏡のブリッジを軽くつついてくる。

思わず仰け反ってしまったが、視線がバレバレだったたことに狼狽を隠せない。

——仕方がないだろ!

眼鏡の位置を直しながら、ついつい歯ぎしりしてしまう。

『立華　茉莉花』は比肩する者がいないレベルのスペシャルな美少女なのだ。

胸、脚、首筋、唇……魅力的なパーツだらけで、ついつい目が引き寄せられてしまう。

露骨に見るのは悪いと思っていても、本能には逆らえなかった。

「そういう礼が貰えるのなら、そちらの方が嬉しいのは間違いない」

「お、はっきり認めた」

「立華から先に言い出したくせに……」

明確な理由はないが、女子に性的な話題を振るのはエチケットに反すると考えていた。

しかし、当の茉莉花が話す気満々ならば……いっそ開き直ってもいい気がしてきた。

「立華は、その……そういうことに興味があるのか？」

「なになに、私のこれまでの経験とか知りたいってこと？」

教えてあげてもいいけど、タダってわけには行かないなぁ。

茉莉花は目を細め、ニヤリと口角を吊り上げた。

性的経験を語らせるのであれば、『お礼』はそれで終わり。

笑み曲ぐ漆黒の瞳が雄弁に物語っている。

——知りたいかと問われればイエスだが、無理して聞き出すほどでもないな。

学校のアイドル『立華　茉莉花』のエロ遍歴。興味はある。

興味はあるが、何が何でも知りたいほどのことでもない。

何でもひとつ話してくれるのであれば、ちょうどいい話題がある。

「立華はツイッターとかするのか？」

「え？　それはまぁ、ふつーにやってるよ。ほら、これ」

前振(まえふ)りのない話題の転換に目を丸く開きながらも、茉莉花はポケットに手を突っ込(こ)んでスマートフォンを取り出した。

ディスプレイに表示されているのは、間違いなく彼女のアカウントだった。

「フォロワー多いな。普段(ふだん)どんなことを呟(つぶや)いてるんだ？」

「う〜ん、色々。自撮りを載(の)せたりもするよ」

「ほぉ、自撮り」

よくよく考えなくとも、別に女子高生の自撮りぐらい珍(めずら)しくはないのに。

それでも……今、この瞬間(しゅんかん)、勉はそのありふれた単語に敏感(びんかん)に反応してしまった。

——焦(あせ)るな。決めつけるな。

口に出すことはなかったが、心の中で何度も制止の言葉を唱えた。

「興味ある？　相互(そうご)フォローする？」

「いや、それはいらない」

ノータイムで断ると、茉莉花は憮然とした表情を浮かべた。

悪いとは思ったが、相互フォローには興味がなかった。

何だか監視されている気分になってしまうから。

「相互狙いじゃないのにツイッターのことを尋ねてくるとか、何なの？」

「何なのと言われても困るが……普通のアカウントだな」

しげしげとディスプレイを凝視しながら、慎重に言葉を選ぶ。

茉莉花のアカウントには、これと言って変なところは見当たらない。

「普通って、そりゃふつーだよ。逆に聞くけど、普通じゃないのってどんな奴？」

「……裏垢とか？」

呆れ気味の茉莉花の声に、さりげなく返す。

芽生えた疑惑の答えを求めて、勉から前に踏み込んだ。

「裏垢？　そんなの持ってたって人に見せるわけないじゃん」

「それもそうだ」

ここぞとばかりに尋ねてみたものの、まったくもってそのとおり。

仮に茉莉花が『ＲＩＫＡ』であったところで、素直に認めるはずがない。

警戒されてとぼけられたのか、それとも本音がそのまま出てきただけなのか。

隣を歩く茉莉花は怪訝な様子を見せてはいるが、その胸中を想像するのは難しい。

真実へ辿り着くために踏み出した一歩目がいきなり宙ぶらりんになってしまって、却ってモヤモヤとした感情が胸の奥に沈澱してしまった。

「変な狩谷君」

「変は余計だ」

動揺を悟られまいと虚勢を張ると、茉莉花はいっそう大きく目を見開いた。

「え、自覚ない？」

「……周りと比べると、少しズレていると思わなくもない」

「そうやって素直に認めるところが、凄く変だよ」

「そうか？　そうかもしれんな」

「ま、いいけど」

「そうだな」

日常的に話が噛み合う同年代の人間と言うものに、ついぞ出会った記憶がない。

ならば、自分は変わり者なのだと認めることも吝かではなかった。

「でも……そっか、そっかぁ。そうなんだぁ」

「どうかしたか？」

嘆息する勉の横で、ひとり納得した風に頷く茉莉花。

何がどうして彼女が首を縦に振っているのか理解し難く、ゆえに問いかけずにはいられなかった。

「狩谷君は裏垢とか見る人なんだなって。真面目そうなのに……そーゆーの興味あるんだ」

「興味があるか否かと問われれば、もちろん興味はある」

『狩谷　勉』はエロが好き。否定しようのない事実であった。

高校生の男子なら、誰だって似たり寄ったりではないのかと反論したくもあるが。

「ちょっと意外。狩谷君って自分以外は眼中にないってオーラがすっごい出てるのに」

「間違ってはいないな。何しろクラスメートの顔も名前もほとんど覚えていない」

数少ない友人のひとりである『天草　史郎』。

学年一どころか学校一の美少女である『立華　茉莉花』。

二年生に進級し、新しい教室で共に机を並べてひと月と少々。

勉がちゃんと顔と名前を覚えているのは……このふたりだけだったりする。

「それは自慢にならないと思うよ」

口元を引きつらせた茉莉花の言葉に、勉は首を縦に振った。

自慢にならないことは自覚しているが、反省する気もなければ改めるつもりもなかった。

「……ちなみにどんな裏垢をチェックしてるの？」

「ん？　『どんな』とは？」

反射的に問いかけ、同時に『言われてみれば』と気付かされた。

ひと口に裏垢と言っても様々なタイプのアカウントが存在する。

ひたすら悪口雑言を並べ立てるものやら、特定の誰かを攻撃するためのもの。

表の顔とかけ離れた趣味を楽しむためだったり、ただの情報収集用だったり。

何なら『ＲＩＫＡ』をフォローしている勉のアカウントだって立派な裏垢だ。

『立華　茉莉花』＝『ＲＩＫＡ』の等式が脳裏にチラついていたから、勝手に裏垢＝エロと変換されてしまっていた。

——落ち着け。これじゃ、ただのひとり相撲だ。

胸に手を当て軽く息を吸って吐く。

ずり落ち気味な眼鏡の位置を直しつつ、頭の中で答えを纏める。

「どんな裏垢……そうだな、エロ系だ」

「真顔で『エロ系の裏垢が大好きです』って私に言うの、セクハラでしょ」

「……自分で聞いておいてその反応は酷くないか？」

「ちなみに……ちなみになんだけど、エロ系って言っても色々あるじゃない、ほら」

反論はあっさりスルーされた。

あまり重要な問題でもなかったのでスルーをスルーした。

腕を組んで少し視線を上げて、どう切り返したものかと思考を巡らせる。

「確かにあるな。バラエティ豊か過ぎる」

「だよね。狩谷君は……どんなのが好きかな？」

何故そこまで食いついてくるのか、釈然としないところはあった。

本人曰くセクハラのはずなのに、あまり気分を害しているようには見えない。

やはり『立華　茉莉花』＝『ＲＩＫＡ』説は正しいのではないかと思えてならない。

隣を歩いているのが本物のカリスマ着エロ裏垢主なら、この程度のトークは軽くこなすに違いない。

彼女が『ＲＩＫＡ』ならば、クラスメートの性癖に興味津々でも何もおかしくはない。

仮に等式が成り立たなくとも……それはそれで、茉莉花のような学校のアイドルとエロ談義をするのは、なかなか貴重な体験であるとも思った。

いずれにせよ、名状し難い奇妙なくすぐったさを覚える。

「ふむ。何と表現すればいいか……あまりに直接的な、そうモザイクが必要なタイプは苦手だ。露出度は高いに越したことはないが、節度と言うか限度があると思う」

「へ、へぇ……じゃあ、えっちな感じのコスプレとかは？」

「大好物だ」

即答すると茉莉花はかなり露骨に鼻白んだ様子を見せた。

しばしの沈黙。

勉に向けられる、探るような眼差し。

ややあって、恐る恐ると言った風情で問いを重ねてくる。

「これはあくまで興味本位の雑談なんだけど、軽く流してほしいんだけど……推しとかいたりするの？」

「ああ、俺のイチ押しは『ＲＩＫＡ』さんと言う裏垢主で彼女は本当に凄くてな。スタイル抜群でサービス精神旺盛で更新頻度も高くて控えめに言って最高な」

「何でわかったの？」

普段は語るべき機会がない推しの話を振られてついつい早口になってしまったら、茉莉花の唇から零れた声に遮られた。

たったのひと言。明日の天気を尋ねる的な何気ない問いかけが……あまりにも重い。

くるくると景気よく回っていた勉の舌を、唇ごと縫い留めてしまうほどに。

「む？」

「だから、何でわかったのって聞いてるの」

――わかった？　何を？

茉莉花曰く勉は『わかっている』らしいが……勉の方は混乱の坩堝に叩き込まれていた。

唐突過ぎる展開に振り回されっぱなしで、一連の流れが頭の中で上手く繋がらない。

「待て、立華。俺はただ『ＲＩＫＡ』さんの話をだな」

「そう、それ。そういうの。さっきから、なんか回りくどく外堀を埋めに来てるよね？」

茉莉花の声は先ほどまでと変わらず、その音色には甘さすら感じられる。

整った顔立ちに浮かぶ笑みと、下からのぞき込むような角度の眼差し。

見惚れるほどの絶景を前にしているのに、背筋を寒気が走り抜ける。

同時に『この状況、身に覚えがあるな』と頭の奥から声がした。

いつ？　どこで？

心の中で首を捻り、即座に思い出した。義妹がブチ切れる五秒前に酷似していた。

強烈な違和感の正体は、穏やか過ぎる表情に反してまったく笑っていない眼の光。

これは間違いなく感情の導火線に火がついている。

タイムリミットまで、猶予は残されていない。

——まずいな。

ふたりが歩いているのは人目につく街中だ。往来での揉め事は互いに望ましくない。茉莉花だって周囲の状況は弁えていると思ったのだが、追及は止まらなかった。

「何で私が『ＲＩＫＡ』だってわかったの？　教えてほしいな、狩谷君」

艶めいた漆黒の瞳、その奥に煌めく輝きが増した。

さらに距離を詰めてくる顔に見とれていると——肩に柔らかい感触が。

何事かと目を向けると、茉莉花の白い指がたおやかに添えられていた。

それほど力が込められているとは思えないのに振り払える気がしない。

「狩谷君、答えて」

「落ち着いてくれ、立華。公衆の面前で騒ぎ立てるのは勧められない」

「うん、そうだね。ちょっと……あっちでお話ししましょう」

茉莉花は片手で勉を捕獲したまま、空いた手で路地裏を指さした。

反論する余裕はなかった。逃げるチャンスもなかった。

物陰に連れ込まれるや否や壁を背に追い込まれる。

茉莉花を刺激しないように目だけを動かして……愕然。表通りが視界に入らない。

——この位置関係、もしかして狙っていたのか？

いつから？

どのタイミングから？

あまりにも手慣れた動きに、こめかみから冷や汗が流れ落ちる。

「それで、何でわかったの？」

すぐ目の前に迫る茉莉花の瞳は、今までにない光を帯びていた。

勉の脳内では先ほどから危機感知のアラームが鳴りっぱなしである。

「……」

「焦らさないで、狩谷君。何で私が『ＲＩＫＡ』だってわかったの？」

「やはり、あの裏垢は立華だったのか」

「狩谷君、あまり大きな声は出さないで。私にだけ聞かせてくれればいいから」

茉莉花は空いた手を自身の胸元に添えた。それもごく自然に。

たわわに揺れる胸のふくらみは、相も変わらず自己主張が激しい。

巧妙に視線を魅惑的なポイントへ誘導され、強かに意識を揺さぶられる。

彼女の所作には、ことごとく何らかの意味があるのではないかと思えた。尋問とか。

無意識でやっているとしたら、それはそれで末恐ろしい。

「待てと言っている。立華、少し落ち着け」

「大丈夫よ、狩谷君。私は冷静。だけど……早く答えが聞きたいかな」

柔らかく微笑む美貌にじわじわと気圧されて、抗う間もなく追いつめられた。

『狩谷君』などと聞き慣れない呼び方を連呼する今の茉莉花は、実のところ時限爆弾そのものにしか見えなかった。

爆破装置に接続された二本の配線まで容易に幻視できてしまう。

答えるか、はぐらかすか。

正しい方を切れば生還、失敗したら爆発。よくあるやつだ。

もちろん、どちらが正解かなんてどこにも書いていない。

そこまでがお約束だった。

——覚悟を、決めるか……

ずり落ちた眼鏡の位置を直し、再び呼吸を整えてから口を開く。

「ほくろだ。膝の後ろの」

「え？」

「む？」

勉は——茉莉花の求めに応じることを選んだ。

　どうせ爆発するのであれば、せめて真摯でありたかった。

『立華　茉莉花』と『ＲＩＫＡ』が同一人物であるかもしれないと疑念を抱いた理由、それは右膝の裏のほくろ。

　素直に答えた。

　その反応が、これだった。

　ぽかんと呆けた茉莉花の表情は非常に解せなかったが、さっきまでのヤバめな雰囲気よりはマシだと思えた。

　目をパチクリさせる仕草などは年齢相応の少女らしく見えて、とても可愛らしかった。

——じっくり見ていられる状況だったらなぁ……

　口には出さず、心の中で盛大に慨嘆した。

「やだ、狩谷君ってばマニアックすぎ」

「待て。見せたのはそっちだぞ？」

「いや、それは……ほら、写真は見せるために投稿してるんだけど、私の脚を後ろから観察するとか、ふつーするかな？」

「偶然だ、偶然」

「ほんとにぃ～？」

「それ以外に何があるんだ？」

「狩谷君ってエロいね」

「……」

「……」

　女子の脚を凝視してしまったのは自分でもちょっとどうかと思っていたので、沈黙するしかなかった。

　口を閉ざしてしまった勉を凝視していた茉莉花は——肩を竦めてため息をついた。

　むせ返るほどの熱を帯びた雰囲気は一掃されて、身振り手振りも軽やかで。

　見た感じでは、それなりに平静を取り戻しているようだった。

　あくまで表面的には、であるが。

「こんな身近に『ＲＩＫＡ』のフォロワーがいるって、意外だったなぁ」

　しかも真面目そうな狩谷君なんて。

　茉莉花はわずかに視線を逸らし、自嘲気味に呟いた。

　狭い路地裏で相対しているふたりの距離は限りなくゼロに近い。

　お互いに微かな息遣いすら聞き逃さないであろうことは疑いようもなかった。

　それは同時に、声を潜めて語り合う分には他人に話を聞かれる心配はないことを意味していた。

「ずいぶんあっさり認めるんだな」

「……今さらって感じ。まぁ、いつかは誰かにバレると思ってたし。でも、こんなに早くかぁ」

茉莉花は額を押さえて呻いている。

勉が知る限り『ＲＩＫＡ』が活動を開始したのは昨年の夏あたり。

現段階ですでに半年を過ぎているが、まだ一年は経過していない。

——早い、か？

彼女のフォロワーは五桁の大台に達してなお、増加速度が減少する気配を見せない。

ひとりかふたりくらいは近くにいてもおかしくないように思えたし、今の今まで身バレしなかったにもかかわらず『早い』と評する茉莉花が正しいとは思えなかった。

そもそも何をもって『早い』『遅い』を判断するのか、基準すら定かでない。

「それで、狩谷君はどうしたいの？」

思考の沼に嵌り込んでいた勉の意識を無理やり引っ張り上げたのは、挑発的な色合いが多分に含まれた茉莉花の声だった。

「先生に言いつける……はないか。それじゃ『誰にもバラされたくなかったら、俺の言うことを聞け』とか？」

「立華の中の俺のイメージ、悪すぎないか？」

昨日の職員室での教師とのやり取りを鑑みれば、勉が告げ口するタイプの人間でないことは想像できそうなものなのに。

だからと言って……秘密を握って従わせるなんて、それは完全に悪役のムーヴだ。

「俺は教師にチクったりはしないし、脅迫もしない」

「じゃあ、どうするの？」

問われて口ごもる。

それも昨晩から頭を悩ませていた要因のひとつだ。

『立華　茉莉花』と『ＲＩＫＡ』が同一人物であると確認して、それでどうするのか？

さんざん悩んだ挙句……結局、自分を満足させられるほどの答えは用意できなかった。

これまで接点のなかった女子に『お前、裏垢やってるのか？』と尋ねる難易度が根本的に高すぎたのだ。

そちらに意識の大半を割いていたので、その先の展開に思いを巡らせる余裕はなかった。

「どうする……か……」

腕を組んで顎に手を当てる。

──立華は俺にどうして欲しいんだ？

勉の側には茉莉花に要求することは何もなかった。

困らせたいとは考えていないし、できれば彼女の意向を尊重したい。

厳密に言えば『ＲＩＫＡ』に対する要望はあるが、それは『立華　茉莉花』に叶えてもらいたいものではない。公私ではなく現実とインターネットの混同は避けたい。

それはファンとして譲れない一線だった。

『ＲＩＫＡ』に現実で会いたいとは思っていたが、それ以上の目的はない。

──でも、なぁ……

この状況は捨て置けない。

目の前のクラスメートには不明瞭な点が多すぎた。

人気のない路地裏に自分を連れ込んだ時点で、バラされたくない意思があることは間違いなさげに見受けられたが……それ以上のことは何ひとつわからない。

裏垢でエロ画像を投稿する目的も。

挑発的な態度を含めた彼女本来の性格も。

好きなこととか嫌いなこととか、その他諸々も。

『狩谷　勉』は『立華　茉莉花』を知らなさすぎる。

だから――自分の思うがままに振る舞うしかなかった。

「そうだな……とりあえず、ありがとう」

背筋を伸ばし、頭を垂れた。

「……は？」

茉莉花の口から漏れた声は、今まで聞いたこともないものだった。

学校で見せるアイドル然とした彼女。

SNSに降臨するカリスマ裏垢主な彼女。

どちらにも似ていない、作った雰囲気がない完全な素の声。

呆れ、怒り、戸惑い……様々な感情が、たったひと文字に凝縮されている。

「何それ？『ありがとう』って、どういうこと？　バカにしてる？」

「どうと言われても、言葉どおりの意味だ。何しろ『RIKA』さんには、ずっとお世話になりっぱなしだからな」

感謝するのは当然のことだ。

そう続けた勉に、茉莉花は胡乱げな眼差しを向けてくる。

「お世話した憶えなんてないんですけど」

「そちらにはなくても、こちらにはある」

「私の投稿画像を見て、その、色々使ったってこと？」

「言い方」

明言されたわけではないが、茉莉花の意図するところは明白で。

そして間違っていないものだから、勉の頬は勝手に熱を帯びてしまう。

おかげでどうにも苦言に力が籠らない。

「そっかぁ。狩谷君って、むっつりか～」

茉莉花はそっと両腕で自分の身体を抱きしめた。

声を挟む間もなく後ずさり、勉との間合いを確保する。

ほんの半歩ほどではあったが……実に不本意な反応だった。

「特に隠してはいないな」

「じゃあ、ガッツリだ。私のことを誰かに話したりは？」

「してない」

「天草君にも？」

無言で頷いた。

自分の性癖を隠すつもりはない。

他人の性癖を暴露するつもりもない。

そのあたりの線引きを誤ることはない。勉にも矜持がある。

「……ま、信じるしかないけど。それにしても第一声が『ありがとう』って……ウケる」

「素直な気持ちを口にしただけだぞ」

「ウソついてるように聞こえないから、もっとウケる」

茉莉花は、心底楽しそうに笑っていた。

さすがに大声を出したりはしないが。

「普通さぁ、もっと他に言うことあるんじゃないの？」

「……リクエストとかか？」

「違うし。ほら『何でえっちな写真の投稿なんかやってるんだ？』とか『バカなことはやめろ！』とか、そーゆーの」

「やめるのか⁉」

反射的に叫んでしまった。声を裏返らせて。

目の前では、茉莉花が身体をビクリと震わせている。

その反応を目の当たりにして『しまった』と心の中で舌打ちひとつ。

決して彼女を驚かせたりするつもりはなかったのに。

——これはどうしようもないだろう！

『RIKA』本人の口から語られた『裏垢を止める』というひと言が、勉に想像以上の動揺をもたらした。奥歯をギリッと噛み締めて続く声を飲み込むほどには、ギリギリだった。

「うわ。何そのガチな反応。割とマジで引く」

「いや待ってくれ。俺にとっては重要なことなんだ」

「狩谷君は……私がああいうことするの、おかしいって思わないの？」

「おかしいなんて思うものかむしろどうして止めろなんて俺が言うと思ったのかこっちが聞きたいくらいなんだがァ？」

「早口すぎるし。心配しなくても止めないって」

「そうか……よかった」

安堵のあまり大きく胸を撫で下ろした勉に、茉莉花はじっとりした視線を向けてくる。

「そこで安心するの、どう考えてもふつーじゃないと思う」

「……普通ってなんだ？」

「え、それは……どーゆー風に言えばいいのかな？　一般常識で考えて、みたいな？」

「普通だの一般常識だの、きれいごとはどうでもいい。俺はただ『RIKA』さんの写真をもっと見たいだけなんだ」

心の清涼剤というか安定剤というか。

日々に忙殺されがちな勉にとって、彼女の投稿はもはや欠かせないものになっている。

ある種の精神的なドラッグにも似た扱いだ。依存性の高さがとてもヤバい。

我を忘れて当の本人に食ってかかってしまうほどにはヤバかった。

もちろん茉莉花の言わんとするところも理解はできる。

仮に義妹が裏垢でエロ写真をぶちまけようとしたら、全力で止めるとは思う。

勉が『ＲＩＫＡ』の投稿を心待ちにしていられたのは、彼女がどこか遠い存在——自分とは縁のない存在だと認識していたからだ。

違った。

割と近くの人間だった。

まったくの無関係とも言えない。

では『狩谷　勉』にとって『立華　茉莉花』とは何者かと問われれば、現段階ではただのクラスメートのひとりに過ぎなかった。

もともと人間関係に乏しい勉にしてみれば、それは赤の他人と何も変わらない。

だからこそ……これほどに不埒な言動を、ありのままの欲望を口にしてしまえるのだ。

『立華　茉莉花』にせよ『ＲＩＫＡ』にせよ、どちらも等しく自分とは関わりのない存在だったから。

「ふ～ん。私の投稿、メチャクチャ楽しみにしてくれてるんだ」

そっかそっか。

茉莉花は目を細めて白い歯を零した。

今までに見たことのない表情だった。

妖艶で、淫靡で、歓喜に溢れる一方で、恥じらいや戸惑いも見え隠れしている。

その顔はとても魅惑的であるにもかかわらず、勉の良心に少なからず痛みを与えた。

――こんなこと言って、本当によかったのか？

口に出してしまってから、『あまりにも無責任ではないか』と頭の片隅から声がした。

茉莉花が本来のアカウントで件の写真を投稿しないのは、彼女自身が後ろめたさを抱いているからに違いない。問題意識を持っていないなら、本アカを使えばいい。

インターネットの情報を鵜呑みにするつもりはないが、単に勉が気づいていないだけで、すでに茉莉花が孤独感や承認欲求に翻弄されている可能性もある。

偶然とは言え同じ教室で机を並べて学ぶ仲間（？）なのだから、もっとまともな言葉をかけるべきだったのではないかと、今さら後悔が首をもたげてくる。

「狩谷君は、無責任なことは言わないんだね」

「は？」

だから、茉莉花の唇から放たれた言葉に驚かされた。

何も言わないことが無責任だと思っていたのに。

眼前に立つ少女は、余人が口を挟むことこそ無責任だと認識している。

まるで理解が及ばなかった。至近距離にもかかわらず聞き間違えたかと思った。

——仕方ないと言えば、仕方がないか。

茉莉花と同じクラスになってから、まだ一か月と少ししか経過していない。

学校のアイドルと称され、持て囃される彼女が何を考えて日々を過ごしているのか。

悩み事があるのか。問題を抱えているのか。勉は何も知らない。知ろうとしてこなかった。だから、わからない。茉莉花が、わからない。

「うん、安心した」

悩む勉を置きざりにして、当の本人は勝手に納得している。

張り詰めていた空気は、いつの間にか霧散していた。

「安心って、何が」

「裏垢止めろとか言われなくてよかった。余計なことを詮索しても来ないしね」

笑顔で先手を取られてしまって、今さら追及できなくなってしまった。

気まずい沈黙のままに首を縦に振った。振るしかなかった。

しばしの間、お互いに口を閉ざして見つめ合う。

顎に手を当てて何か考える様子を見せていた茉莉花が、ニヤリと不可思議な笑みを浮かべた。

『いいこと思いついた』

漆黒の瞳が、声なき言葉を語っていた。

嫌な予感がしたが、動けなかった。

うろたえる勉の目の前に滑り込み、完璧な角度で見上げてくる。実にあざとい。

流れるような一挙一動に熟練すら感じられる。絶対にワザとやっている。

見惚れる勉の眼と鼻の先で唇が開かれ、甘やかな吐息が耳朶を撫でた。

「ねぇ狩谷君」

「……なんだ?」

「私に裏垢続けてほしい?」

「さっき止めるつもりはないと言っていなかったか?」

「気が変わったの。やっぱりえっちな自撮りの写真を世界中にバラ撒いてるの、良くないと思うんだよね」

「……そうか。立華がそう考えるのなら、それが正しいのだろうな」

深々と嘆息した。膝をついてへたり込みたくなった。

軽はずみに茉莉花の事情に踏み込んでしまったせいで推しが消える。

可能性は考慮していたが……いざ想像が現実になると、割と本気で死にたくなってきた。

しかし、どうしようもなかった。

『狩谷　勉』は『立華　茉莉花』を知らない。

彼女が何を思って裏垢に手を出していたのか。

何故いきなり心変わりをしたのか。

何ひとつ理解できず、彼女の言動に対して責任を取ることもできない。

ならば……勉にできることは何もない。止めると言われれば、ただ諦めるだけ。

——明日からどうやって生きていけばいいんだ……

当面はフォルダに保存した画像を糧に日々をやり過ごすことになるが、新しいネタの供給が断たれる未来に打ちのめされずにはいられない。絶望だった。

「いやいや、何でそこであっさり引き下がるの？」

「はぁ？」

解せない反応だった。

勉の見間違いでなければ、茉莉花は現在進行形で怒りを顔に載せていた。

今の流れでどうしてそうなるのか、本当にわけがわからない。わからなすぎる。

ひたすらに『わからない』が頭の中に溢れ返り、積み重なり続ける。

ついぞ体験したことのない未知が、今ここにあった。

「そーゆーときは『なんで？』って聞くものでしょ、ふつー」

「聞いてほしいのか？」

「うん」

「そうか。じゃあ、なんで裏垢止めようと思ったんだ？」

「狩谷君にバレたから」

寸劇の末に即答されて、また死にたくなった。

「だから――狩谷君が私の裏垢を黙っててくれるなら、続けてあげてもいいよ」

「は？」

「裏垢のこと、誰にも話さないで」

言葉とともに向けられた笑顔は、今日一番の可愛らしさだった。

ここまで可愛いが過ぎると、もはや精神攻撃の一種に思えてくる。

口元が強張り、呼吸が詰まる。鼻を掠める茉莉花の匂いに頭がクラクラしてくる。

心臓がバクバクと鳴り響き、全身の血管が轟々と鳴り響く音すら聞こえてきそう。

——何だ、何なんだこの状況は？

「……い、言われなくても、そのつもりだが」

「ふたりだけの秘密にしてくれる？」

　小首をかしげられると、可愛いが増した。

——まだ増すのか。立華の可愛いには限界がないのか⁉

「ふたりだけの秘密？」

「そう。私たち、ふたりだけの秘密」

　奇妙な響きが、やけに耳に残る。

　理屈（りくつ）を語るならば、そのとおりだ。当事者が口を閉ざしている限りは。

　そして、勉はこの件を誰かに話すつもりはなかった。

「わかった。誰にも言わないと約束する。神に——いや、俺は神とか信じてないな。こういう場合は誰に誓（ちか）えばいいんだ？」

「そこで素に返るのが狩谷君なんだね。ま、いいけど」

「えっと、立華？」

「自分にでも誓えばいいんじゃない？」

「……それで行くか」

「うんうん、りょーかい。とゆーことで、これにて一件落着だね！」

「今の一連の流れ、何か意味があったのか？」

首を捻るも答えは出ない。

「もちろんあるよ。わかんない？」

「ああ、さっぱりわからん。できれば教えてくれないか？」

理解不能が限界を突破し、勉は一周廻ってふんぞり返った。

『誰かに教えを乞うとは、俺としたことが珍しいな』と笑みが漏れた。

「縁だよ」

「縁？」

「そう。私と――」

茉莉花は自分を指さして、その後で勉を指さした。

「狩谷君との縁。わかった？」

――縁と言われてもなぁ……

ドヤ顔で語られて、眉をひそめてしまった。

具体性を欠いた言葉だと思ったし、これまでの人生であまり使ったことのない言葉でもあったから。

「う～ん……反応が薄いね」

「……悪かったな」

「そうだ。縁って言い回しがピンとこないんだったら、共犯って考えてくれてもいーよ」

「共犯、だと？」

いきなり飛び出してきた不穏な単語が、思いっきり忌避感を想起させてくる。

茉莉花はじーっと勉の顔を見つめながら、口の端をゆっくりと吊り上げた。

「そう。だって狩谷君は私がえっちな写真をアップしてても止めてくれないし、むしろ止めるなって煽ってくるし。これって共犯って言ってもおかしくなくない？」

「……」

共犯者扱いは心外だったが、茉莉花の言い分にも一理あると思ってしまった。

勉が抱いていた昏くて重い感情の中心を、物の見事に突いてきたから。

「どう？」

「……」

沈黙ののちに——勉は首を縦に振った。

茉莉花が笑った。

満開の花を思わせる、満面の笑みだった。

「私たちは、こうしてふたりだけの隠しごとを持つに至ったのです」

強引かつ意味不明なやり取りではあったにせよ、結果だけ見るならば茉莉花の言葉に誤りはなかった。

……いささか不本意な流れに押し切られた感はあったが。

「いいよね、共通の秘密って。ドキドキしない？」

「……」

「ちょっと狩谷君、ノリ悪いなぁ」

「すまん、どうにもこういう会話は苦手だ」

「いや、謝らなくてもいいし。別に怒ってないし。逆に申し訳なくなってくるし」

「そうなのか？」

「そうなのです」

掴みどころのない感情がぐるぐると胸の奥をうねり回って、何とも落ち着かない。

茉莉花は茉莉花で、よくよく観察するとバツの悪そうな顔をしている。

外面はともかく、中身は勉と似たり寄ったりなのかもしれない。

根拠はなかったが、大きく間違ってはいないと直感した。

「……それじゃ、そろそろ帰ろっか」

「……そうだな」

新しく生まれた悩みごとを脇に置き、大きく息を吐きだした。全身が弛緩する。

路地裏に連れ込まれてから、ずっと緊張を強いられていたことに気づかされた。

表通りに戻って西に傾いた陽光を浴び、その眩しさにレンズの奥で目を細めた。

肌を撫でる熱気を感じて、ようやく日常に戻ってきた実感が湧き上がってくる。

──現実、だよな……夢を見ていたってことはないよな？

茉莉花の溌溂とした笑顔も、妖艶な笑みも、シリアスな表情もハッキリ覚えている。

……にもかかわらず記憶がしっくりこない。言葉にし難い違和感がある。

真実を求めて踏み込んだら、なぜか茉莉花と縁ができた。

まるで狐につままれたような気分だ。

──どうしてこうなった？

黒髪を靡かせる茉莉花の後ろで、勉はひとり首を傾げ続けた。

「話が丸く収まったところで改めて聞くけど……お礼、何がいい？」

しばらく歩いたところで、茉莉花が問いかけてくる。

「お礼？」

「そ。昨日職員室で助けてくれたお礼だよ。まさか忘れてた？」

「ああ、あれな」

顎に手を当てた勉は——無言で首を横に振った。

ご機嫌だったはずの茉莉花が途端に眉を寄せる。

——別に大した意味はないから、その顔はやめてもらえないものか。

「いや……もう家についた。話はここまでだ」

目の前に聳え立つマンションの一室こそが勉の自宅だった。

茉莉花は『へぇ、良いところに住んでるね』と微笑んでいる。

美貌に浮かぶ表情の意味を窺い知ることなど到底敵わなかった。

「じゃ、お礼の件は保留ってこと？」

「すまんが、そうしてくれると助かる」

『礼はいらない』とカッコつけようとして、できなかった。

『それを捨てるなんてとんでもない！』と勉の理性と本能が口を揃えて叫んでいたから。

「ま、いいけど。さっさと決断できない人って嫌いかも」

ばいばい、また明日。

胸元で小さく手を振って遠ざかっていく茉莉花を見送って、勉は近くの壁に寄り掛かった。額を拭うと汗がべっとりと滲んでいた。

長い時間の会話ではなかったのに、とにかく疲労感が半端ない。

裏垢がバレた時の茉莉花の豹変と、その後の応酬と……

——む？

ふと首を傾げた。

胸の奥に燻っていた罪悪感に似たわだかまりが、きれいさっぱり消え去っていた。

少し考えて……他ならぬ茉莉花に、ストレートで打ち貫かれたからだと気づかされた。

——立華の奴……

してやられたと思った。

これまでほとんど話したことはなかったが、なかなか一筋縄ではいかない相手だ。

軽く手玉に取られたようで、なんとなく腑に落ちない。納得できない。

その一方で『ＲＩＫＡ』の存在が消失しなかったことを喜ぶ身勝手な自分に、少し嫌気がさしている。

「また明日……か」

茉莉花が残した最後のひと言が、いつまでも耳の奥に木霊していた。

第５章　ガリ勉くん、協力する

@URAAKASAN

教室の中心で今日も『立華　茉莉花』は輝いていた。

男も女も区別なく、多くのクラスメートに取りかこまれて。

ひとつひとつの仕草や言葉が、ごく自然に周囲を魅了している。

距離を置いていても、目を逸らしても、彼女から逃れることは敵わない。

茉莉花に見惚れてため息をつく者、声に聞き惚れる者、憧れ悩む者は後を絶たない。

「いつもと変わらんな、何も……」

椅子に腰を下ろして自らもまた茉莉花を見つめ続ける勉は、ときおり横目で彼らをチラチラと観察しながら独り言ちた。

『立華　茉莉花』＝『ＲＩＫＡ』

この驚愕の事実にたどり着き、たどり着いたことを茉莉花に知られた。

数日が経過して……何も変わらなかった。

教室の茉莉花も、ＳＮＳの『ＲＩＫＡ』も。

『ＲＩＫＡ』はあれからも以前と同じペースで画像を投稿し続けている。

身バレとか別に気にしてないと言わんばかりに。

見られていることに気付いているのだから、見せつけているとしか思えなかった。

そして、勉も以前と同じように『ＲＩＫＡ』の画像をありがたく蒐集し続けている。

――いや、変わったかもしれない。

投稿される画像は相変わらずハイレベルなエロ写真ばかり。

これまでと同じく顔を晒すことはなく、十八禁な部分を写すこともない。

しかし――勉は余人が知ることの敵わない『ＲＩＫＡ』の素顔を知ってしまった。

その事実が画像を見る目を変えてしまった。オンオフの利かないフィルターがインストールされてしまった。

写真では隠されていた『ＲＩＫＡ』の顔に、現実で見知った茉莉花の顔が自動的にあてがわれてしまうのだ。

結果的に……勉の脳内では、すべての画像が劇的なバージョンアップを果たしていた。

控えめに言って、ヤバかった。

裏垢写真は勉にとっての癒しアイテムだった。心の特効薬といってもよかった。
『ＲＩＫＡ』は日本のどこかにいるかもしれないが、自分とは関わりのない存在。
そう楽観あるいは達観していたからこそ、好き勝手に欲望をぶつけられたのに。
あの日を境にすべてが変わった。変わってしまった。
『ＲＩＫＡ』＝『立華　茉莉花』
思い焦がれた彼女は身近にいる存在だった。
同じ教室で同じ空気を吸うクラスメートだった。
「はぁ」
無意識のうちに、熱くて重い息を吐き出した。
あの日から、どうにも心が落ち着かない。

◇

授業を終えて、ひとり教室を後にする。
中庭の自販機でアイスココアを購入し、紙パックにストローを差し込んだ。
中身を吸い上げると濃厚な甘味が口に広がり、渇いた喉に染みわたっていく。

勉強に精を出していると、とかく脳の消耗が激しい。

疲れ切った頭には甘味が効く。

夏はいまだ遠いとは言え、五月も末に近づいて陽気がマシマシ。

普段は持参している麦茶で喉を潤しているが、たまには冷たいココアが恋しくなる季節だった。

「立華の奴……」

「私がどうかした、狩谷君？」

「うおっ⁉」

声に驚いて振り向くと、そこには茉莉花がいた。

誰にも聞かれていないと思って彼女の名を口にしたのに、当の本人に聞かれていた。

大きすぎる誤算であった。誤魔化しようがない。

何とも気まずいが……別に悪口雑言を連ねるつもりだったわけでもない。

ここは開き直るべきだと即断し、ずり下がる眼鏡の位置を直して平静を装う。

「『うおっ⁉』って、その反応酷くない？」

「いや、普通だ。聞かれていると予測できていなければ、こんなものだ」

「あっそ。それで、私がどうかしたの？」

笑みを深めた茉莉花が、もう一度同じ問いを口にした。
悪意はなさそうに見えるが、からかってきていることは明白だ。
爛々と輝く瞳から視線が外せない。
「別に。今日も立華はきれいだな、と感心していた」
思うところを素直に答えた。
勉に弱みを握られていると知りながらも、茉莉花は変わらない。
その胸中を垣間見ることはできないが、表向きの彼女は教室の太陽であり続けている。
ならば、こちらも平常運転で切り返すがよかろうと判断した。
——違うな。『共通の秘密』だったか。
茉莉花は『縁』と表現していた。
『狩谷　勉』と『立華　茉莉花』の縁、と。
『共犯』とも呼んでいたが、あれは冗談の類と解釈しておいた。
要領を得ない言い回しだったにしても、ネガティブな印象はなかった。
要するに勉と茉莉花は対等の関係で、故にからかわれて黙っているのは得策ではない。
まずは一撃。言葉のジャブを放つ。
「そう？　ありがと」

実にあっさりした反応。牽制は軽く受け流された。

この程度で怯んでくれるような、生ぬるい相手ではなかった。

容姿を褒めた勉の方がバツが悪くなって、整いすぎた顔から視線を逸らす。

いったい何をしに来たのやらと訝しみ……脳裏に閃いた。思い当たる用件があった。

――お礼とやらがまだだったな。

職員室で生徒指導教諭から助けたときに、『お礼をする』的なことを言われていた。

何がいいかと問われても適切な要求を考え付かなくて、返事を後回しにしていた。

『決断の遅い男は嫌いかも』と付け加えられていたことまで思い出してしまった。

「ココアかぁ。可愛いの飲んでるね」

手元を覗き込んできた茉莉花がウィンクひとつ。

『ココア』と『可愛い』をイコールで結ぶ彼女の発想はイマイチ理解できなかったが、小振りな唇の動きが非常に蠱惑的だった。

「疲れた時には甘いものが効く」

「それ、すっごくわかる！　私も何か飲もうかな」

勉の脇をすり抜けた茉莉花が自販機に硬貨を投入する。

学校のアイドルが選んだのは――いちごミルクだった。

そっちの方が可愛いのではと思ったが、黙っておいた。

茉莉花もまた紙パックにストローを挿して口に運んだ。

微かにすぼめられた頬と、中身を吸い込もうとする唇。

長いまつげが伏せられ、こくこくと白い喉が上下する。

ひとつひとつの動作に、ついつい目を引き寄せられる。

「どうしたの？　私のこと、じ〜っと見つめて」

「気にするな。ジュースを飲む立華が可愛いと思っただけだ」

「そーゆーこと言うキャラだっけ、狩谷君って」

ストローから口を離した茉莉花が不審げに眉を寄せる。

「すまんな。こういう時にどういうことを言えばいいのか、全然知らんのだ」

「……そうなの？」

「そうなんだ」

嘘ではない。

これまであまり女性と関わってこなかった勉には、いきなり話しかけてきた茉莉花との接し方がわからなかった。

「それで、俺に何か用か？」

授業を終えてジュースを買いに来たら、そこでバッタリ学校のアイドルと遭遇……などと都合のいいことがあるとは考えなかった。背中から声をかけられた点を考慮すると、後をつけられたと解釈したほうが自然だ。同じ教室から同じ自販機を目指せば結果的にそうなるのは当たり前なので、自意識過剰のそしりを受ける可能性も否定できなかったが。

「たまたま私がいちごミルク飲みたかったとは考えないわけ？」

「考えられないとまでは言わないが、わざわざ買いに来る必要があるとは思えないな」

この学校には茉莉花の信奉者が多い。どこにでもいると言ってもいいくらいには多い。わざわざ自分で足を運ばなくとも、ひと言『いちごミルク飲みたいな～』と口にするだけで、我先にと自販機へ殺到するほどの熱狂的なファンも少なくはない。誇張抜きで。

本人にだって自覚はありそうなものなのに……茉莉花は不機嫌そうに頬を膨らませた。

「何それ。私が友だちをパシリに使うって言いたいの？」

「そうじゃない。立華にはそれだけの影響力があると言っている」

「ふ～ん。なんか適当に言いくるめようとしてない？」

さりげない指摘に口元が強張った。当たらずとも遠からずだった。

「ま、狩谷君に用事があるって言うのはその通りだけど」

「やっぱりそうなんじゃないか……」

「『やっぱり』って……ね、話聞いてくれる？」

「聞くだけなら構わん。先に言っておくが『お礼』とやらの内容は考えてないぞ」

「ああ、それもあったね。そっちも早く決めてくれると嬉しいかな」

「すまん。なかなか簡単には思いつかない」

「私とのデートでよくない？」

ニヤリと口の端を吊り上げてくる。

『お礼にデートなんて自信ありすぎないか？』と揶揄したことを忘れていないと見える。

「さっさと本題に入ってくれ」

「んもう、せっかち。私と狩谷君の仲じゃない」

「どんな仲だ、どんな」

「え、忘れちゃった？　路地裏でふたりきりで」

「用がないなら帰るぞ」

聞こえよがしにゴホンと咳払いして、眼鏡の位置を直す。

口元を引き結び視線で話を促すと、茉莉花はキョロキョロとあたりを見回し始めた。

人の注目を集めることに頓着しない彼女にしては、極めて珍しいアクションだ。

眉をひそめて言葉を待つと、上目遣いの黒い瞳とレンズ越しに目が合った。

「えっとね……私ね、実は狩谷君の……が欲しいの」

「……何だって？」

「狩谷君のノート、貸して欲しいの。お願い！」

「む？」

正直なところ少し意外な感じがした。その展開は想定していなかった。

『狩谷　勉』はぶっちぎりの学年首席であり、全国模試の上位常連である。

成績優秀な勉が作成したノートは、試験のたびにクラスの内外を問わず他の生徒たちに重宝されている。

制作者のあだ名から取った『ガリ勉ノート』と裏で呼ばれるこのノート、取引から生まれる利潤は一介の高校生の懐を暖めるには十分なほど。

決して暴利を貪っているわけではないし、利用者から『そこらの参考書や教師の授業なんかよりずっといい。めっちゃ成績上がった』と称賛の声を聴くこともある。

ただ――茉莉花からノートを求められるとは想像できていなかった。

「ノート？　立華は優秀だと聞いているが」

『立華　茉莉花』は完璧なヒロイン。これは校内において常識と言っても差支えない。

容姿端麗・頭脳明晰・運動神経抜群。ほかにもあれやこれやと誉め言葉には事欠かない。

クラスメートに興味を持たない勉の耳にすら入ってくる程度には有名な話だ。

……全部また聞きなので、彼女の能力がどの程度のレベルなのかまでは知らなかったが。

「今まではね」

いちごミルクで喉を潤した茉莉花は皮肉げに笑った。

濡れた唇をチロリと舐める舌が妙に艶めかしい。

『今までは』と前置きする以上、現在の彼女は勉強が捗っていないと解釈できる。

「狩谷君さぁ、二年生になって授業が難しくなったって感じない？」

「……そうか？」

勉はストローを咥えたまま首をかしげた。

質問の意図は理解できるが、単純にピンとこなかった。

学校の授業なんぞ今も昔も大して変わらない。最初からまともに聞いていない。

「真顔で返されると困るんだけど」

「理不尽すぎる」

「いやいや、みんな同じこと言ってるからね」

幅広い交友関係を持つ学校のアイドルは、自信ありげに胸を張った。

彼女の友人すなわち他の連中は、ここ最近の授業が難しすぎて辟易しているとのこと。

真偽は不明だった。対人コミュニケーションが壊滅的な勉には確かめる術がなかったし、興味もなかった。

豊かに盛り上がった胸部をレンズ越しに凝視していた目を上げて、茉莉花の顔を見やる。

漆黒の瞳に嘘を言っている色は見受けられなかった。でたらめではなさそうだ。

――曲がりなりにも進学校の生徒なのに、誰もまともに勉強しないのか？

喉元まで出かかった本音をぶちまける代わりに、別の言葉を口にした。

「立華がそう言うのなら異論はない。それで、俺のノートだったか？」

「そう」

「ノートなら天草に頼めばいい。取り扱いはアイツに任せている」

茉莉花が自分のノートを利用するか否か、それこそ勝手にすればいい。

自ら取り引きを営んでいるわけではないから、自分に頭を下げられても困る。

勉がノートを貸すのは、唯一の友人である史郎だけ。

彼こそが『ガリ勉ノート』の胴元にして販売担当なのだ。

男女を問わず顔が広い友人の名を出すと、途端に茉莉花の顔が曇る。

――珍しいな。

不機嫌な茉莉花を黙って見守っていたら、桃色の唇がためらいがちに開かれた。

「天草君って、狩谷君から借りたノートをコピーして売ってるんだよね？」

「そうだな」

あっさり答えると、茉莉花はきれいに整えられた眉を寄せた。

「えっと……頭のいい狩谷君がノートを提供して、顔が広い天草君が売って、売り上げはふたりで山分けってこと？」

「いや、金は全部天草のものだ。俺は一銭も貰ってない」

儲けを折半していると思われているらしいが、そういう仕組みではない。

基本的に、勉は自分のノートで金を稼ごうとは考えていない。

「……天草君に利用されてるって思わないの？」

「利用も何も、お互い様だからな」

「お互い様？」

頷いて見せると、茉莉花の眉間に刻まれた皺が深くなった。

『とてもそうは思えない』

飛びぬけた美貌に、はっきりとそう書いてある。不審を招いたようだ。

人の目を気にしない勉にしては珍しく、猜疑の眼差しを向けられることに不満を覚えた。

理由は……自分でも上手く説明できそうになかった。

——さて、どうするか。まぁ、別に話してしまってもいいか。

ほんの一瞬だけ迷い、すぐに結論した。

勉は茉莉花の秘密を握っている。

ツイッターにエロ写真を投稿する人気裏垢『ＲＩＫＡ』の正体が、この学校のアイドル『立華　茉莉花』であるという秘密を。

目の前の少女は勉をして共犯者などと謳っているものの、実際には勉の方が一方的に有利な立場であることは疑いようもなく、爆弾じみた情報を勉だけが抱えている状況は、茉莉花にとって心理的負担になっているかもしれない。

本人の意図はともかく、勉の胸中に巣食っていた罪悪感を木っ端微塵に打ち砕いてもらった借りもある。

ならば……自分の事情を少しでも話してみれば、多少は釣り合いが取れるのではないかと考えた。ほかの人間が相手なら、そこまで心情を斟酌することはない。

心を決めてココアをひと啜り。喉を湿らせてから口の端を吊り上げた。

「俺は小遣い稼ぎ程度の金銭よりも、もっといいものを貰っている」

「もっといいもの？」

「ああ。情報だ」

『狩谷　勉』と『天草　史郎』の関係は、傍から見ているだけでは理解し難いかもしれない。

勉と史郎は高校に入って以来の付き合いになるが、入学当初から仲が良かったわけではない。むしろ接点らしきものは何ひとつなかった。

……にもかかわらず、史郎はノートを使った儲け話をいきなり持ち込んできた。

一年生一学期の期末試験直前のことだった。

売り上げを五分五分で分けようと言ってきた史郎の提案を、勉の方から断ったのだ。

『金はいらない。かわりに感想が欲しい』

軽妙な笑みを浮かべて近づいてきた見知らぬ男に、勉は表情を変えずに条件を伝えた。

『感想？』

『ああ、感想だ。情報と言い換えてもいい』

ノートを使ってどれだけ成績が伸びたか。伸びなかったか。

役に立ったか。どれくらいの時間を勉強に費やしたか。

もっと『こうして欲しい』といった要望はないか。

ノートを利用した生徒たちから、そういう情報を取りまとめてほしいと頼んだ。

「アイツも最初は今の立華と同じ顔をしていたな」

「うえ」

――そこまで嫌がらなくても良くないか？

史郎に対する茉莉花の反応が、やたらと厳しい。

閑話休題。

学年首席のノートをコピーして他の生徒に売りさばき、自らは労せずしてひと儲けを企む史郎のプランは、言うまでもなく相当にグレーな発想だ。

今にして思えば、史郎は勉との交渉が難航すると考えていた節がある。

茉莉花の口からしばしば出てくる『イメージと違う』発言から察するに、どうやら自分はクソ真面目な優等生と見られているらしかったから。

別に勉は優等生でも何でもないのに。

「胡散臭いって思わなかったの？」

「胡散臭いのもお互い様だったからな」

以前より自分のノートを利用したロクでもない構想を温めていたが、実行に移す伝手が見当たらず、せっかくのアイデアを死蔵した状態だった。

当時の勉にとって『天草　史郎』は親しみを持てる友人ではなかったが、周囲と距離を取りがちな自分にわざわざ話しかけてくるぐらいだから、きっとコミュニケーション能力は高いのだろうと当たりをつけた。

だからこそ『渡りに船』とばかりに交換条件を付けてノートの提供を了承した。

あの時の史郎は、おそらく今の茉莉花と同様に勉の意図を測りかねていた。

理解されなくても無理もないと思ったし、ダメならダメで別に構わなかった。

『天草　史郎』が泥船なら捨てる。有用な船なら利用する。

ただ、それだけのことだった。

彼にどんな目算があったとしても、興味はなかった。

こうして史郎は『ガリ勉ノート』の胴元となり……悲鳴を上げる羽目になった。

ノートは売れた。儲かった。後で金額を聞かされた勉が引くほどに。

これで終わりなら史郎的には満足だったろうが、そうは問屋が卸さない。

たくさんの生徒に売れれば売るほど、見返りとなる感想の集計に手間がかかる。

金銭に目がくらんでいた史郎は、地味な作業の煩わしさを甘く見ている節があった。

計画を始動させる前から『厄介なことになりそうだな』と思っていたが、勉の方からはあえて触れなかった。

史郎も今では勉の目的を理解している。

それでも欠かさずノートの買い手から感想を集めてきてくれる。

ダーティーなやり口とは裏腹に、面倒見のいい奴だと思う。

「他のみんなの感想って、そんなの集めてどうするの？」

見つめてくる茉莉花の瞳が『わけわかんない』と語っている。

勉はココアを飲み干し、視線を中庭のそこかしこに彷徨わせた。

どのように説明したものか、しばし言葉を探し――

「ノートはあくまでその時々の俺が作ったものだ。作成時点では満足の行く出来であっても、最終目的である大学受験の段階で役立つかはわからん」

「ん？　ごめん、意味不明」

「そうだな……将来的に有用かどうかの問題なんだ」

ノートを作成するのは、あくまで学んだばかりの状態。

ノートを活用するのは、いまだ視界にすら入らない遥か未来。

たとえ学年首席の勉と言えども、時間経過とともに蓄えた知識は剥離する。

知識の定着度が低下した状態でノートを見たときに、ちゃんと理解を深め直すことができる内容になっているか――そんなことは、作成段階では判断できない。

ゆえに、学習レベルが低い人間を『知識を忘却した将来の自分』に見立ててノートを使わせ、感想を貰うことにした。

そして、感想を元に改良を重ねる。

よりわかりやすく、より使いやすく。

すべては『狩谷　勉』にいずれ立ちはだかる試練のために。

「天草はノートが売れて懐が潤う。他の連中はテストで点が取れて喜ぶ。俺は将来に向けてノートを更新できる。これぞまさしく『三方良し』と言ったところだ」

「なにそれ？」

「近江商人の心構えのひとつだ」

「何でいきなり近江商人？」

「……別にいいだろ、細かいことは」

茉莉花の疑問に、ややウンザリした声が漏れた。

勉は近江商人ではないし、滋賀県と何のかかわりもない。

単にテレビなり何かの本で読んだフレーズが頭の中に残っていただけだ。

「えっと……要するに、みんなは狩谷君のモルモットにされている、と」

「そこまでは言っていない」

「本音は？」

「俺のノートを見て一時的に成績を上げたところで、本番で苦労するだけだろうな」

フンと鼻で笑った。

勉強は結局のところ日頃の積み重ねが物を言う。

試験が近づくたびに安易な方法で乗り切ろうとする奴が、最後に待ち構えている大学受験で泣く羽目になったところで、勉の知ったことではない。

「それ、酷くない？」

「そう思うなら、自分で勉強すればいい」

飲み終わったアイスココアのパックをゴミ箱に放り込んで吐き捨てる。

眼鏡の位置を直しながらニヤリと笑みを浮かべる姿は、どう見ても悪役のそれだった。

その酷薄ぶりに鼻白んで背を仰け反らせた茉莉花は、逡巡の後に口を開いた。

「で、でも、上手く使う人もいるんじゃない？」

「それはそれで一向に構わん」

「わざわざ敵に塩を送るってこと？」

「敵？　敵とはどういう意味だ？」

茉莉花が発した疑問の意味するところを掴みかねたので、逆に問い返した。

平和な日本の学校生活において、『敵』などという物騒な呼称は似つかわしくない。

「どーゆー意味って……ノートを活用して学年首席の座を脅かす存在、みたいな？」

「ああ、そういうことか。どうでもいいな」

スマートフォンを取り出して時間を確認し、気のない相づちを打った。

茉莉花の言うとおり、自分なりに『ガリ勉ノート』を上手く消化して取り込むことができる者がいてもおかしくはない。

……正直なところ『だから？』ぐらいしか感想は思い浮かばないが。

勉は他人にあまり興味がないし、学年首席の地位にもこだわりはない。

「ど、どうでもいいって……」

「定期試験は、あくまで知識の定着度合を計測するための作業に過ぎん」

出来不出来を自分で受け止めて、次に繋げるのが本来の目的であるはず。

数字が出るから振り回されがちになるが、他人との比較には意味がない。

「じゃ、じゃあ大学受験のライバルになるとしたら？」

「それ以上に自分が実力を蓄えていれば問題はない。俺のノートがなければ何にもできないような奴らが、どうやって俺を超えるのか、逆に興味があるくらいだ」

傍若無人な答えの連続に、茉莉花は目を白黒させて口をパクパク開閉させている。

これまでは聞かれたことがなかったから、誰にも心の内を語ったことがなかった。

ゆえに広く知れ渡ってはいないものの、『狩谷　勉』は元よりこういう男である。

「ほんと、狩谷君って思ってたのと全然違う……」

これじゃサギだよ。

唖然、茫然、そして苦笑。

茉莉花はいちごミルクのパックを屑籠に捨てた。

チラリと目をやれば、口元をハンカチで軽く拭っていた。

濡れて艶めく可愛らしい唇と覗く舌。ごく自然に意識が吸い寄せられる。

「それで、ノートはどうするんだ？」

軽く咳払い。

少し話し過ぎてしまったかもしれない。

自分でも腹黒いことをしている認識はあった。

ここまで話せば普通は引き下がる……と思ったのだが、

「貸して」

即答だった。

今度は勉が返答に窮する羽目になった。

ずり落ちた眼鏡の位置を中指で元に戻し、茉莉花の笑顔を見つめることしばし——

「なら、天草に……」

「できれば天草君は抜きにしてほしいんだけど」

ちゃんと使った感想は伝えるから。

そう付け加えた茉莉花の顔からは笑みが消えている。

教室では一度も見たことのない、かなりシリアスな表情だった。

言葉からも視線からも、断固とした強い意志を感じる。

「何で天草を避けるんだ？」

「だって……天草君から買ったら、私が狩谷君のノートを使ったのがバレちゃうし」

茉莉花の頬が膨れた。

彼女が何を懸念しているのか、本音が読み切れない。

「バレたら困るのか？」

「困るよ。私のイメージに傷がつく」

「学業優秀とかいう奴か」

「それ。みんなに持ち上げられるのは気分いいけど、こーゆー時に不便だよね」

秀麗な顔立ちに自嘲の笑みが貼りつけられた。

カリスマの立場を守るために成績は維持したい。

でも、努力しているところを誰にも知られたくない。

ましてや自分の力ではなく、他人のノートを借りているのがバレるなんてもっての外。

「アイツは顧客の情報を漏らす奴じゃないぞ」

「天草君は黙っててくれるかもしれないけれど、どこで誰が見てるかわかんないし」

「裏垢みたいにか？」

「そう。狩谷君にはいろいろバレちゃってるから、今さらひとつやふたつ増えても……ってのもあるかな」

茉莉花は正体を隠してエロ写真をSNSに投稿し、その筋ではかなり名前が売れている。

あまり表沙汰にできない行為に手を染める彼女の本心は明らかにされていない。

エロ自撮り裏垢『RIKA』の投稿は、勉に正体がバレた今も続いている。

「人気者にも苦労があるんだな」

茉莉花の言い分は身勝手なものだと思った。

反面『そういうものかもしれない』とも思った。

わざわざ言われるまでもなく、人間関係とは複雑怪奇なものだ。

煩わしいからとそっぽを向いている勉には、茉莉花のこだわりは理解できない。

——ふむ。

眼前に立つ少女の胸中を推し量ることは敵わないが……世間のしがらみを軽視するべき

ではないという意見もまた、勉の頭の片隅に存在していた。一応。

だから、茉莉花を嗤おうとは思わない。

「まぁね。自分で決めたこととはいえ、メンドクサイのは確か」

一方、当の本人は肩を竦めて似合いもしない笑みを浮かべている。

その顔を見る限り、勉が余計な口を挟む必要は感じられなかった。

——とは言え、どうしたものかな……

ノートを貸すか否か、問題はその一点に尽きる。史郎云々はこの際どうでもいい。

身も蓋もないことを言ってしまえば、他の人間だったらノータイムで断っていた。

即座に拒絶できなかったのは、ひとえに相手が『立華　茉莉花』であり『ＲＩＫＡ』であるからに他ならない。

言い訳のしようがない依怙贔屓だった。

悩んでいる時点で、答えが出ているも同然だった。

「わかった。そこまで言うなら貸そう」

「ほんと⁉　私、自分の都合ばっかり押し付けてたから、てっきりダメかなって」

「自覚はあったのか」

「まぁ、それは……ね。どうして貸してくれる気になったの？」

「ふむ、そうだな。立華にノートを貸しても俺が得することは何もないが……いや、なくもないのか」

実害がありそうなら二の足を踏むが、そうでないなら気にするほどのことでもない。

茉莉花が自分のノートにどのような感想を抱くか興味もある。

これまで史郎が集めてきた情報には、成績優秀と称される者のデータはなかったから。

……という理由を適当にでっち上げた。自分に対する言い訳ばかりだった。

「その言い方、すっごく引っかかるんですけど」

「……何が？」

「私にノートを貸しても何もいいことないとか！」

「理不尽すぎないか？」

目に見えてわかるような利得があるのか？

勉は訝しんだ。

眉を寄せる勉の前で、茉莉花が目を細める。

「てゆーか、職員室の時も気になってたんだけど……狩谷君って何かにつけてイチイチ悪者ぶるところがあるよね」

ニヒヒと笑う茉莉花の眼差しに反論しようとしたが、反論できなかった。

茉莉花には彼女曰く『悪辣なやり口』で生徒指導をやり込めた一幕も見られているから、生半可な言い訳は意味をなさない。

「……エゴに任せて他人を利用するのは褒められることではあるまい」

指摘されて気恥ずかしさが込み上げてくるも、表面上は意地を貫き通した。

彼女が言うところのモルモット扱いに罪悪感を抱いていることは事実であった。

傍からどう見えるかはともかく、『狩谷　勉』は基本的に小心者にして小市民なのだ。

ノートの扱いについて周りの人間を騙しているとまでは考えていないが、後ろめたさは少なからず感じている。

――だから気楽なんだ、この方が。

誰に対しても傲岸不遜な態度を見せつけることにこだわった。

史郎を介して意図的に距離を取って、個々の顧客とは関わらない状況を維持した。

おかげで『ノートのおかげで成績が上がった』と感謝されても、照れる素振りすら見せることができなくなってしまったが……これは自業自得と言う他ない。

――他人のことはどうでもいい。

兎にも角にも、今は茉莉花だ。

目と鼻の先で見つめられると、背中がムズムズする。

きまり悪げに目を背けると、すかさず正面に回り込んできた茉莉花が胸を張った。

間近で存在感を誇示する柔らかそうな膨らみに、逃げを打った視線が勝手に吸い寄せられる。付け焼刃の悪人ムーブでは、本能に抗えなかった。

「納得いかない」

「立華に納得してもらう必要はないが？」

「ダメ。努力はきちんと報われるべき」

「いや、だから……」

なおも言い募ろうとする勉の目の前で、茉莉花は自らの豊かな胸を拳で叩いた。

「だから、ここは私にお任せあれってね。狩谷君の黒～いところをしっかり聞いたこの茉莉花さんが、狩谷君のノートをちゃんと使ってちゃんと役立ててあげるから」

最初から思惑を知った上で力を借りるから、細かいことは気にしなくていい。

勉が積み上げてきた努力は、自身だけでなく誰かの役に立つと誇ればいい。

「何と言っても私のお墨付きだからね。これは絶対に効果ある！」

茉莉花はきれいに、とてもきれいに微笑んだ。

いつも教室で見せる太陽を思わせる笑みではなく、勉の前だけで見せる小悪魔じみた笑みでもない。

何もかも見通しているような眼差しが、勉のど真ん中に突き刺さった。

「だから、狩谷君は自分のことを思いっきり褒めてあげるといいよ。そしたらすっごいパワーになるから！　もっともっと勉強頑張れるから！」

「……別にそこまでしてもらう必要はないがなぁ」

そんな表情で、そんなことを真正面から言われたのは初めてで、非常に面映ゆかった。

茉莉花の顔を見ていられなくなって、勉はさりげなく視線を逸らした。

同時に心にもない言葉が口から勝手に零れ出す。

途端に茉莉花の眉が急角度に跳ね上がった。意に添わないにしても、反応が劇的すぎる。

怒らせてしまったことは間違いなくて、多少ならずとも申し訳なさが募った。

しかして、茉莉花の口から放たれた言葉は勉の想定を軽く上回った。

……ただし、明後日の方向に。

「見てなさいよ！　この前の分と合わせてメチャクチャお礼しちゃうからね！」

「それは……色々期待していいのか」

「少しえっちなぐらいなら許す！」

「マジか！」

冗談半分で尋ねてみたら、トンデモナイ答えが返ってきた。

耳を疑う茉莉花の言葉に、体裁を取り繕う余裕はどこかにブッ飛んだ。

ノートを作ってきてよかったと感動に打ち震えた。心の中でガッツポーズした。

本来の目的を見失っている気はしなくもなかったが、目先の利益が余りにも大きすぎる。

——少しえっちって……どれくらいまでOKなんだ⁉

限界を探るために脳裏に記録されている『RIKA』の写真がリストアップされてゆく。

目の色を変えた勉にじっとりした眼差しを向けていた茉莉花が、ぼそりと呟いた。

「せっかくいい話してたのに……狩谷君、それは本気で引くわ……」

聞こえないふりをしておいた。

◇

最近の勉は一日一回、どこかの休憩時間に人目につかない場所へひとりで足を運ぶ。

すると、素知らぬ顔した茉莉花が見計らったように姿を現して、お互いに持ち寄ったノートを交換する。

しかる後に、ふたりはタイミングをずらして場を後にする。

さながら闇取引にも似た、何とも胡散臭い一連の流れ。

これは（茉莉花の希望で）クラスメートたちの目から逃れるための措置であり、功を奏しているのかはともかくとして、今のところ事が露見した気配はない。

当初は結構気を張っていたのだが……どうにも自意識過剰ではないかと思えてきた。

もちろん、バカ正直に本人にそのあたりを伝えるつもりはなかったが。

「これ、ありがと」

今日もまた、いつもと変わらぬルーティーンで茉莉花からノートを受け取った。

「ああ、すまんな」

「すまんって……私の方がノート借りてるんだけど」

ジト目の茉莉花に素っ気ない相づちを打ち、回収したノートをペラペラ捲る。

すっかり見慣れた自作のノート。科目は数学。

二本の縦線で三分割された紙面は、勉が書き記したままの姿を保っている。

左側に見出しを、真ん中に本文と問題を、右側には注意すべきポイントを列挙してある。

目指すべき進路を定め、インターネットで受験絡みの情報を読み漁り、書店で参考書に目を通し、何度となくノート作成を試みてはダメ出しを繰り返してきた。

自分にはこの形が一番あっていると確信を得たのは、高校に入ってから。

他の科目もスタイルこそ違えど、自分にとっての使いやすさを追求してきた。

そうやって制作された勉のノートの所々にピンクの付箋が貼ってある。記載されているのは丸っこい文字。

――立華っぽい字……か？

もう少しシャキッとした文字を書くものだとばかり思っていた。ポップな丸文字が茉莉花に似合っているかと問われれば、素直に首を縦に振ることはできなかった。

まぁ、筆跡にケチをつける意味はない。付箋に書かれているのは茉莉花の感想だった。

これまでにも史郎を介してノートの利用者から感想を集めてはいたが、彼女のそれは詳細かつ明瞭で、実に重宝する。

「なんだか悪いことしてるみたい」

リップで艶めく唇から零れた声は、かすかに揺れていた。

視線を向けると、声の主は申し訳なさそうな表情を浮かべている。

「……どういうことだ？」

「だって、ノート見たらわかるもの。狩谷君がどれだけ頑張ってるのか」

「……」

「狩谷君のこと、ずっと天才だって思ってたけど……違うんだね」

茉莉花は自嘲気味に微笑み、勉は無言で頷いた。

誰かに指摘されるまでもなく、自分が天才などではないと自認している。

『狩谷　勉』の自己評価は――

「そうだな。俺はただの凡人だ」

凡人。そのひと言に尽きる。

どこにでもいる平凡な少年が幸福を求めるために、人並み以上の努力を要した。

学年首席だの全国模試上位常連だのと言った肩書は、たいした意味を持たない。

煌びやかな言葉で褒められても、いまだ『狩谷　勉』は何者にもなれていない。

これまで誰にも漏らしたことのない胸中が、するりするりと口から零れていく。

「いや、そこまでは言ってない」

真顔とガチ声で突っ込まれたが、スルーした。

「俺にも何か才能があれば、もっと気の利いた生き方ができたかもしれんがなぁ」

遠くの空を見つめて慨嘆した。普段は絶対に人前では口にしない類の弱音だ。

茉莉花の前でだけ、茉莉花に対してだけは口が軽くなる。

「才能ってスポーツとか？」

「……別に何でもよかった」

運動でもいい。将棋でも、囲碁でもいい。絵でも音楽でも、いっそゲームでもいいかもしれない。

日本国内に限定しても、すでに大人に交じって活動している同年代の人間は存在する。特別な才能を持って生まれ、驕ることなく才能を磨き上げ、才能で生きる者たちが。

勉は違った。ただの凡人だった。何の才能もなく、環境にも恵まれなかった。

特筆するほどの何かを持たない凡人が、自らの人生を切り拓いていくために選んだ最もシンプルで確実性の高い手段、それが勉学の道だった。

その選択肢の正しさは数多の先人たちが証明している。

「狩谷君って勉強するのが大好きな人だと思ってた」

ためらいがちな茉莉花の声に笑みを返すも、口元は無意識に引きつり、苦々しい感情が胸中に広がる。

——まぁ、勘違いされるのも無理はないがな。

授業を無視して勝手に勉強するのは、もはや日常茶飯事。

定期試験では入学以来一度も首位を明け渡したことはなく、全国模試では常に上位に名を連ねている。

県内一の進学校に勤める教師を『無能』とこき下ろす傲慢な姿は、まさに茉莉花の言葉どおりの人間にしか見えないだろう。

実際は違う。どちらかと言えば、勉強は嫌いかもしれない。

毎日遊んで暮らせるならそうしたいと考える、ごく普通の高校生だ。

五千兆円拾いたいと思ったことも一度や二度ではない。

「まさか。ただの凡人だと言ったはずだ。勉強好きな凡人なんぞいてたまるか」

自作のノートのアップデートのために、友人を介して同級生を利用する。

茉莉花曰く『モルモット扱い』であり、あまり褒められたやり口ではない。

自分でも『人として、これはちょっとどうなんだ？』と思わなくはないのだ。

言われなくてもわかっている。

わかっていても、やるしかなかった。高校生でいられるのはたったの三年間。限られた時間を最大限活用するためには、他に有効な手段が思いつかなかった。

なぜなら——凡人だから。悠々と世を渡る才能を持って生まれなかったから。

凡人であるにもかかわらず、身に余る目標を抱いてしまったから。

目指しているのはトップクラスの大学。しかも国立。

求められるのは実力、そして結果のみ。他の要素が介入する余地はない。

あと二年ほど順調に推移していけば、ほぼ確実に合格圏内に入る目算ではある。

しかし、おおよそこの世のあらゆることに『絶対』はない。

どれだけ努力を積み重ねても、必ず報われるとは限らない。

だから、ほんの僅かでも合格する確率を上げることができるのならば、ほんの僅かでも取りこぼしを減らすことができるのであれば、後ろ指をさされることも辞さない。

人望なんて不要と笑って切り捨てる。ためらいも後悔もなかった。

「ふ～ん、だからかなぁ」

「……何が？」

「狩谷君のノート、凄くわかりやすい」

「そうか？」

「うん。こんな反則なノートを使ってたとか、みんなずるいよ」

「俺に言われても困るが……立華から見ても、わかりやすくできているか？」

微かな期待を込めた勉の問いに、茉莉花は首を縦に振った。

丁寧に梳られた艶やかな黒髪が微かに揺れる。

「正直甘く見てたってゆーか。天才が作ったノートとか、どーせ私が見てもチンプンカンプンだろーなって高を括ってたとゆーか……ごめん、狩谷君のこと見くびってた」

「別に謝ってもらう必要はないが……立華が見てわからないのなら、そもそも他の連中が見てもサッパリだろう？」

茉莉花が『ガリ勉ノート』を手にするのは、高校に入学して一年と少し経った今回が初めてとなる。

これまで彼女は史郎からノートを購入していた連中に、実力で勝利を収めていたのだ。

学校のカリスマアイドル『立華　茉莉花』が基本的に優秀である何よりの証左である。

それほどハイスペックな彼女が『わからない』と評するならば、ノートが出来損ないの失敗作であることが逆に証明されてしまう。

赤点寸前の人間の点数を十点引き上げるのと、平均八十点取る者の点数を十点引き上げるのでは、後者の方が断然難易度が高い。

茉莉花は後者側の人間だ。勉の平均点はさらに高い。

『ガリ勉ノート』は最終的に勉自身の役に立つ形に仕上げなければならない。

言い方は悪いが、茉莉花レベルで引っかかっているようでは論外なのだ。

「もうね、ノート見るとビンビン伝わってくるの。狩谷君のすっっごい努力が！」

「褒められて悪い気はしないな」

……などとカッコつけてはみたけれど、口元は自然と緩んでいた。

対する茉莉花の顔は微妙に曇っていた。

「だから……その狩谷君の努力を私が利用するの、何だか悪いなって」

「なぜそうなるのか、よくわからん」

「どうしてわかんないかなぁ、もう。狩谷君の方がわけわかんないよ」

一転して可愛らしく頬を膨らませる茉莉花。

普段の彼女が見せることのない顔を目の当たりにすると……戸惑いと、まったく別の言葉にならない感情がない交ぜになり、心に幾重もの波紋が広がっていく。

ずれてもいない眼鏡のフレームに指を押し当てて深呼吸し、ことさらに平静を装う。

「前に説明したとおり、俺なりの理由があってノートを使わせている。遠慮はいらん」

「またそーゆーことをゆーし。言ってることとやってることが違わない？」

意味不明な不満を口にする茉莉花の心中こそ理解不能だった。

人の心にまつわるアレコレに疎い自覚はあるが、そういう問題とは違うと感じた。

――違う？　何が違うんだ？

問い詰めたい気持ちはあった。

しかし、それを尋ねると茉莉花の機嫌を損ねるという根拠のない確信もあった。

どうやら自分は何かを勘違いしている。原因は不明でも結論は間違っていない。

「と・に・か・く！　私は狩谷君に感動させられてしまったわけです。わかる？」

満面の笑みで胸を張られると――見どころが多くて困る。

校内どころか、日本全国探し回ってもなかなかお目にかかれないレベルの美貌。

スラリとした体型に反逆する大ボリュームの胸元は、もはやセクシーの暴力。

魅惑的な膨らみを反射的にガン見したら、思いっきり茉莉花に睨まれた。

眼鏡の位置を直すふりを何度となく繰り返し、白々しく目を逸らす。

「……私は良いけど、他の子にそんなバレバレの視線向けたら嫌われるよ？」

「他の女子が相手だったら、こんなことにはならない」

「その言い方もアウトだから」

「採点が厳しいな。それで、何の話だったか？」

「えっとね、狩谷君のノートに全米が泣いたって話」

「……そこまで言うほどか？」

「そこまでゆーほどだから」

褒められている流れなのに、なぜか責められているような口ぶりだった。

どうにも掴みかねる。茉莉花の言動も、自分の胸中も。

「ぐーたらな私のやる気と狩谷君の本気が思いっきり化学反応起こしちゃったみたいでね、もっと頑張らなきゃって気合入っちゃったの」

「そうか」

「そうなの。だから……」

「だから？」

問いながらゴクリと唾を飲み込む。

次に何を言い出すのか予想がつかない。

勉にとっての茉莉花は、さながら万華鏡だ。

見るたびに姿が変わり、ガラリと印象が変わる。

初めて目にしたときは、遠くの空に煌めく星だった。

同じクラスになって間近で見た彼女は、教室の太陽だった。

裏垢に投稿された画像で露わになった彼女は、夜空の月に似ていた。

『ＲＩＫＡ』は疲弊した勉の心をやらしく……もとい、やさしく照らしてくれた。

そして――裏の顔が明かされ、こうして言葉を交わし始めると、茉莉花はさらに異なる姿を見せてくれる。

すべての彼女に共通しているのは、とても魅力的な存在であること。

魅力的。それは間違いない。『立華　茉莉花』はこの上なく魅力的な少女だ。

ただ……良くも悪くも魅力的なだけに留まってくれないことも確かだったのだが。

「だから、今までの分も含めてノート全部貸して！　お願い！」

「はぁ!?」

位置を直した眼鏡が、再び鼻からずり落ちた。

茉莉花の言動は、しばしば想像を超えて明後日の方向にすっ飛んでいく。

心構えが完了しない状態で流れ弾が直撃すると、驚かされることは間違いなくて。

それでも汗で曇ったレンズを隔てて咲き誇る笑顔を目にすると、異議を唱える心はあっさり溶かされてしまう。

——参ったな。

まったくもって思いどおりに事が運ばないのに……困惑を覚えることはあっても、苛立ちを覚えることはない。

『これは断れないな』と心の中で呻く。仰いだ空の青さが、やたらと目に染みた。

◇

「ID交換しようよ。てゆーか、する!」

ノートの直接提供を始めて数日が過ぎたある日の昼休み、ベンチに腰掛けてココアを啜っていた勉の前に仁王立ちした茉莉花が、顔を合わせるなり口火を切った。

教室から離れた中庭の片隅は、晴天にもかかわらず人気はない。

よって、唐突な彼女の宣言を耳にしたのは勉ひとりだった。

さわやかな風がそよぐ艶やかな黒髪、鼻をくすぐる芳香。

キュッとくびれた腰回りから見る者を圧倒するバストを経て、声につられて上へ上へと視線が上っていく。

その先にあった整い過ぎた茉莉花の顔に浮かんでいたのは、怒りに近い感情だった。

ストローを離した勉はひと言、湧き上がった疑問をそのまま口にした。

「なんでだ？」

途端に茉莉花の眉がさらに跳ね上がった。

『信じられない』と全力全身で物語っている。

問い返されることを想定していなかった模様。

――自信ありすぎるだろ。

閉ざした口を開くことなく、鼻で嘆息。

呆れる一方で、自信過剰とまでは思わないのも事実だった。

校内における『立華　茉莉花』の立ち位置を鑑みれば、むしろ納得してしまうまである。

この場を収めるための言葉を無言で探そうとする勉に業を煮やしたか、学校のアイドルはきれいな角度で腰を折って上半身だけで覗き込んできた。

間近に迫る漆黒の瞳が『逃がさない』『ごまかさせない』と語っている。

その視線の圧力に耐えきれなくなって目を落とすと、短いスカートからスラリと伸びた脚がしっかりと大地を踏みしめていた。

美少女然とした見た目に反して、下半身はかなり鍛えられているらしい。

「だって、いちいちまどろっこしくない？」

茉莉花が肩から下げていた鞄をまさぐってノートを取り出した。

すっかりおなじみになってしまった感のある勉謹製の『ガリ勉ノート』だ。

ノートを受け取りつつ、眉をひそめ首を傾げた。

「そうか？」

「そうだよ。ＩＤを交換してたら学校でなくても勉強教えてもらえるし」

「……俺はそれほど暇じゃないんだが」

呻いた。

ウソではない。勉には時間的な余裕がない。

実家を出てひとり暮らしの日々を送っている身だ。

学校の勉強だけでなく、家事もあればアルバイトもある。

茉莉花にかかりきりになるわけにはいかない。それは厳然たる事実だった。

「え？　う〜ん……他の男子ならふたつ返事で食いついてくるんだけどなぁ」

狩谷君だし、仕方ないか。

肩を竦めた茉莉花の唇から零れた愚痴っぽい響きが、ことさらに勉の耳朶を弾いた。

――仕方がないとはずいぶんな言われようだ。まるで俺が変人みたいじゃないか。

あまりと言えばあまりな言い草に憮然とさせられる。

ひとつビシッと反論してやろうと口を開く前に、茉莉花が先手を打ってきた。

「じゃあ、何かお礼を考えるから」

「頻繁に連絡されると迷惑だ」

「め、迷惑って……私、そんなこと言われたの初めてだよ!?」

「そうか？　メッセージのやり取りを始めると、ずっとスマホを触りっぱなしになるイメージがあるんだが」

「それ、偏見だから。大丈夫！　絶対に狩谷君の邪魔にならないよーにするから」

両手を合わせて拝み始めた茉莉花を前にすると、邪険にしている自分が悪いことをしているような錯覚に陥ってしまう。

悩んで悩んで悩んだ末に口をついて出た答えは、

「わかった、交換しよう」

勉は押しに弱かった。

正確には推しに弱かった。

「その渋々感、すっっっごいムカつく！　絶対に後悔させてやるんだから！」

「なんかいつも同じこと言ってないか、立華？」

「気のせいだから。覚えてなさいよ！」

勉が持参したノートを引ったくった茉莉花は、黒髪を靡かせて遠ざかっていった。

共に行動しているところを誰かに見られては面倒なことになりかねない。

腰を下ろして待機したまま、彼女の背中を目で追いかける。

口の端から気だるい言葉がひとりでに零れ落ちた。

「完全に悪役のセリフだぞ、それ」

◇

『お礼を用意しました』

茉莉花と連絡先を交換した日の夜、勉のスマートフォンに一件のメッセージが届いた。

余計な修飾を省いたシンプルすぎる言い回しが、やたらと不穏な気配を放っている。

差出人をチェックしていなければ、スパム認定からノータイムで削除確定ものだ。

「見ないで済ませる……わけにはいかんよな」

日々のルーチンワークを片付けて心地よい疲労に包まれていた勉は、胡散臭さしか感じない文字列を目にして、自室のベッドで頭を抱えた。

SNSのシステム的にスルーすることは可能だ。しかし、茉莉花はクラスメートである。

本日は平日であり金曜日ではない。明日は祝日ではない。学校をサボる気もない。

未読状態で明日を迎えることを想像すると、全身に不可視の重みが圧し掛かってくる。


『とっておきだから、感想もよろしく』


続くメッセージでは、感想の部分が強調してあった。猫のスタンプ付きだ。

勉がノートを貸した相手から感想を蒐集していることに引っ掛けたと見られる。

ベッドに寝ころんだまま眼鏡の位置を直し、何が出てきても驚かない心構えを決めた。

ディスプレイに指を滑らせて茉莉花のメッセージを開き――

「お、おお⁉」

添付されていた『お礼』に驚愕し、声が裏返ってしまった。

茉莉花が言うところの『お礼』とは写真だった。自撮り画像であった。

これが彼女以外の誰かが相手なら『自意識過剰もいい加減にしろ！』と一喝できた。

しかし、彼女は学校のアイドル『立華　茉莉花』であり、同時に人気エロ画像投稿裏垢主『ＲＩＫＡ』でもある。付け加えるならば勉の推しでもある。

彼女がわざわざ『お礼』と称して送りつけてきた写真は、当然のごとくそっち系だった。

シミひとつない純白の肌と完璧な曲線を描く肢体が、惜しげもなく晒されていた。

身につけているのは布面積が少ない真紅のビキニ。まさしくシンプルイズベスト。生々しい白い肌と赤い三角形のコントラストは驚異的なマッチングで、扇情レベルがヤバい。

サイズが合ってない水着が柔肌に食い込み気味で、ヤバさが数倍に跳ね上がっている。

しかし、しかしである。ここまでならば驚くには値しない。

『ＲＩＫＡ』が投稿した画像の中には、もっとエロいものもあった。

勉が何よりも驚かされたのは――茉莉花の顔が隠されていなかったからだ。

学校でもツイッターでも絶対に見せることのないチャーミングでエロティックな表情。

同じ教室で共に学ぶ同い年の女子がセクシーな笑みを向けてくる現実に、背筋がゾクゾ

ク と震えた。心臓だけでなくテンションまでメチャクチャに跳ね躍っている。ヤバい。『ＲＩＫＡ』と『立華　茉莉花』が同一人物であると知ってから、『ＲＩＫＡ』の写真を目にする際には勝手に頭の中で茉莉花の顔が組み合わされていた。ただそれだけで、画像が醸し出すエロスと背徳感が半端なく高まっていたのだが……今日ほど自分の想像力の貧困さを思い知らされたことはなかった。

オリジナルは格が違った。

手元のスマホが一瞬で爆弾じみた何かに変貌してしまったかのごとき異様な緊張感。これまで喉から手が出るほど渇望しながらも諦めていたお宝をゲットできた高揚感。激烈すぎる感情が勉の脳内でスパークして、思考回路が制御不能に陥ってしまった。

「こ、こ、これはヤバいだろ⁉」

変な声が出た。

実家暮らしだったら、家族からの追及を躱しきることができない類の声だった。

防音は完璧という触れ込みのマンションに住んでいるにもかかわらず、反射的に周囲を見回してしまった。万が一にも隣人の耳に入っていたら軽く死ねる自信がある。

いつもと変わらない殺風景すぎる自室が、今日ほど安心感を与えてくれたことはない。

Matsurika.

『どう？』

『狩谷君、感想どうぞ』

茉莉花からのメッセージが次々と送信されてくるが、返事をする余裕がない。

勉の心臓は、今や不規則かつ乱暴なビートを刻んでいる。喉はカラカラで呼吸も浅い。たった一枚の写真で理性が焼き切られてしまった。復旧はままならず、もはや自分の力ではどうすることもできない。

即座に画像を消してスマホを遠くに追いやって、浴室に飛び込んで頭から水を被って強制冷却——

『……何も言えなくなるくらい酷い？　ダメだった？』

『いや、最高だった』

ダメだダメだと思っていても、身体は正直だった。

指は勝手に称賛の言葉を送り、躊躇なく画像を保存していた。

『そこまで直球で褒められると照れるなぁ』

『せっかくだから、もう一枚撮って送るね』

――ん？

ディスプレイに表示された茉莉花のメッセージに引っかかりを覚えた。

時計に目をやると、すでに夜遅い時間を指し示している。

しかして、スマホの文字列を信じるならば……

『この写真、今撮っているのか？』

『うん』

『あ、もしかして想像した？』

『えっちだ』

『すまん、想像した』

震える指で短い謝罪を送信したが、返答はなかった。

ゴクリと唾を飲み込み、暫し ディスプレイを凝視し続けた。

身体が熱い。頭が茹っている。おかしな汗が噴き出して止まらない。


『えっちだ』


まったく同じメッセージがもう一度送られてきた。

先ほどと同じ真っ赤なビキニを纏った写真を添えて。

今度はトップスの紐が外されていたが、肝心なところは見えなかった。

普段は隠されている胸のふくらみを強調するポーズに満面の笑み。パーフェクトだった。

秒で保存した。


『これから毎日写真送るね』

『ありがたいが、こちらが何も手につかなくなる。週一で頼む』

断腸の思いでメッセージを返した。

本音を言えば、毎日欲しい。何枚でも欲しい。

でも、そうなったら冗談抜きで勉強に身が入らなくなる。

情けない話ではあるが自信があった。どう考えても、これに抗うのは不可能だ。


『そーゆーとこ、素直過ぎるのが狩谷君って感じ！　えっち！』


理不尽だと思ったが、事実だったから文句も言えない。

目蓋を閉じれば暗闇に茉莉花の笑顔が浮かんでくる。

赤いビキニだけを身に着けたエロい姿とともに。

あれほど渋ったにもかかわらず、今の勉の胸を満たしているのは『ＩＤ交換して良かった』と昼間の自分の判断を褒める気持ちだけだった。

ベッドで悶絶気味にゴロゴロしてから再び茉莉花の最新画像が表示されたスマホを見つめ、額を押さえて笑った。

——俺も、意外とチョロいもんだ。

茉莉花から顔出しエロ画像の直接投与を受けてから、さらに数日が経過した。

相も変わらず学校生活は平穏で、これと言って変化は見当たらない。

——思っていたより普通に過ごせているな。

拍子抜けだ……などと安堵を覚え始めた頃に、事件は起こった。

昼食を終え、トイレに用を足しに行った帰り道のことであった。

『オレもオレも』とついてきた史郎と共に教室に戻る途中に、廊下の反対側から見覚えのある姿が近づいてきたのだ。

男女混合な生徒の群れ。その中央に位置しているのは、全身に比して小さな頭部にすべてのパーツが絶妙な配置で収まっている『ＴＨＥ・美少女』の生きた見本。

学校のアイドル『立華　茉莉花』であった。

他の者ならいざ知らず、彼女を見紛うことなどありえない。

勉と茉莉花は同級生ではあったが、つい最近まで積極的に関わり合うことはなかった。

現在でも勉が手掛けたノートを貸してはいるが、茉莉花側の事情（カリスマの面目が云々）で人目につくところでの接触は避けている。

だから、これまでと変わることなく素知らぬ顔で通り過ぎようとした、その瞬間——

「あ、狩谷君、おつかれ～」

「む」

なんと茉莉花の方から話しかけてきた。

これは完全に予想外で、驚きのあまり咄嗟に気の利いた反応ができなかった。

びっくりしていたのは声をかけられた勉だけではなかった。

隣を歩いていた史郎をはじめ、その場にいた生徒たちは一様に意外そうな表情を浮かべて、互いに目線を交わし合っている。俄かに空気がヒリついてくる。

「茉莉花、いつの間にガリ勉と仲良くなったの？」

蔑称ともとれる勉のあだ名を口にしたのは、茉莉花を取り巻く生徒のひとり。

——誰だ？

記憶にない顔だったが、おそらくクラスメートだ。それ以上は見分けがつかない。

基本的に人の顔と名前を覚えるのは苦手だ。一致させるのはもっと苦手だ。

「いつの間にって……同じクラスなんだから挨拶ぐらい普通じゃない？」

特に意識していない的に返す茉莉花の顔を見て、勉の口は固まってしまった。

——あれ、怒ってるな。

ノートを貸して、SNSのIDを交換して。

以前とは比べ物にならないくらいに茉莉花と近しくなった勉は、彼女の顔に浮かんだ微かな苛立ちを見逃さなかった。廊下に響く声の重みに身が竦んだ。

一方で茉莉花と行動を共にしていた連中に異変は見られない。

日頃から彼女と仲良くしているはずの彼らが、誰ひとり茉莉花の怒りを察していないことが不思議で仕方がなかった。

「まぁまぁまぁ、別にいいじゃないの」

不穏な気配が漂い始めた会話に割って入ったのは、勉の横に位置していた史郎だった。

ことさらに芝居がかった口ぶりが、危うい兆しに気づいていることを窺わせた。

この男はこの手の対人関係のトラブルが発生した時にいい仕事をする。

揉めそうな状況を穏便に解決に導く姿を、これまでに何度も見てきた。

そのたびに『すごい奴だ』と勉は感心させられていた。対人コミュニケーションが苦手な自分には真似できないことを平然とやってのける友人を、実は秘かに尊敬している。

「天草君……う〜ん、そうかも、なのかな?」

普段と（ほとんど）変わらぬ軽妙(けいみょう)な史郎の口調に、誰もが『まぁ、いいか』と頷(うなず)いた。

茉莉花の顔には何とも形容しがたい感情が垣間(かいま)見えたが、勉は気づかないふりをした。

……肌にチクチクと視線を感じた。艶(つや)めく漆黒の瞳から突(つ)き刺(さ)さる不可視の圧が強い。

「……ふ～ん。ま、いっか。それじゃ」

「あ、ああ」

廊下を立ち去る一団の背中を見つめていた史郎がひと言、かすれた声でつぶやいた。

「立華さん、めちゃくちゃ怒ってたぞ。あれは超(ちょう)やべー奴」

まったくの同感だった。

『何なの何なの何なの、もう！』
スマートフォンの彼方(かなた)で茉莉花が憤(いきどお)っている。
ノートの貸し借りだけでなく、シームレスに勉強を進めるために連絡先を交換した。
ず～っとスマホ漬(づ)けになるのではないかと危惧(きぐ)していた勉の予想とは裏腹に、茉莉花はかなり節度を守っていた。

昨日までは。

今日は違った。

勉が家に帰ってきてアレコレ片付け終わったタイミングを狙ったかのようにメッセージが届き、以後この調子である。

『わざわざ怒るほどのことか?』

あっさりめに返信すると、高速で流れていた怒りのメッセージが急に止まった。

訝しむ間もなく振動。表示された相手は——茉莉花。直接通話がお望みと見える。とてもではないが断ることはできそうにない。観念してディスプレイをタップした。

『狩谷君!』

「……声が大きい」

透明度の高い声が強烈に耳を貫く。

音声のみの通話だったので、反射的にしかめた顔を茉莉花に見られなかったことは、不幸中の幸いだった。

『あ！　えっと……夜分遅くにごめんなさい』

「今さら過ぎるし、ひとり暮らしだから別に構わんが、音量は抑えてくれるとありがたい」

『うう、反省します。でも……今思ったんだけど、狩谷君は勉強してるんじゃないの？』

それこそ今さらの話だったが、さすがに口に出さない程度の分別はあった。

勉の危機回避スキルは、そこまで低くはない。

「今日の分はもう終わっている」

『そうなの？　私に気を遣ってない？』

言葉に詰まらされる。

嘘などついていない。

予定していたところまでは復習を済ませている。

いつもならば予習を始める頃合いだっただけで。

――今日ぐらい別に……と考えるのは良くないんだがな。

何だかんだと理由を付けてサボれば、それは間違いなく癖になる。

……とは言え、猛る茉莉花を放ってもおけない。ぢっとスマホを見る。

様々な観点から優先順位を検討した結果、今日の勉強は終わりと決定した。

「安心しろ。立華と話す時間ぐらいはどうにでもする」

何気なく放った言葉の後に、沈黙が続いた。

スマホの向こうで茉莉花がどんな顔をしているかはわからない。

勉もまた、自分で自分がどんな顔をしているかはわからない。

『え』

「む？」

『はて、何かおかしなことを言ってしまったか』と首をかしげていると、穏やかで優しい声が耳を撫でてくる。

『うん、ありがと。じゃあ、ちょっと付き合って』

「ああ」

声につられて軽く頷いた勉を待っていたのは……怒涛の茉莉花ワンマントーク。

気楽に請け合ってしまったことを悔やんだが、完全に後の祭りであった。

『だいたい狩谷君はすぐに『どうでもいい』とか言うけど、あれ、良くないよ』

「ああ」

いくら茉莉花の声が耳に心地よいと言っても、限度がある。

時計を見ると、すでに一時間近くノンストップ状態だった。

話題のほとんどは昼休みのニアミスに関わるものばかりだ。

面と向かって『ガリ勉』呼ばわりされたことを『気にしていない。どうでもいい』と流したら、いきなり茉莉花がキレた。

――話を聞くだけでこんなに疲れるとは……

美声の洪水に理性が飲み込まれて、すっかり思考能力が低下してしまっている。

カッコつけてしまった手前、勉の方から通話を切るとは言い出せない。

『『ああ』じゃないし！』

「いや、本当にどうでもいい」

『また言った！』

「……」

慌てて口を押さえても、零れた言葉は戻らない。

『ねぇ……狩谷君って、自分のこと嫌いだったりする？』

ハイテンションだった茉莉花の声がいきなりトーンダウンした。

脈絡なく話の流れが切り替わるのは、彼女との会話では割とよくある現象だった。

「む？　いきなりどうした？」

『う～ん、どう言ったらいいのかな？　周りの反応なんて『どうでもいい』って興味なさげに思ってるのは嘘じゃなさそうなんだけど、それって本当は周りじゃなくて自分のことに興味がないんじゃないかなって』

確固たる自分を持っているから他人の言葉に揺らがないのではなく、自分にこだわりがないから、他人に何を言われようとも気にならない。

勉が本当に関心を示していないのは、実は他人ではなく自分自身なのではないか。

茉莉花がためらいがちに語った内容は、意識の外から鋭い一撃を食らわしてきた。

——自分のこと？

思いもよらない指摘に思考がフリーズさせられる。

『……狩谷君？』

「あ、いや、すまない。考えたことがなかった」

『はぁ⁉』

「自分のこと……自分のことか」

スマートフォンを前に腕を組んで『自分のこと』を繰り返した。

茉莉花に告げた言葉に嘘はない。

これまで勉は、自身を『好き』とか『嫌い』で評価したことがなかった。

なぜなら——意味がないから。否、意味などないと決めつけていたから。

好きだろうが嫌いだろうが、勉は『狩谷　勉』を止めることはできない。

自分は自分であり続けるしかないのだから、『好き』も『嫌い』もない。

——違うのか？

『か、考えたことないって……ダメだよ、それは！　自分のことを思いっきり大好きになって、思いっきり大切にしてあげなきゃ』

「そういうものか？」

『そういうもの！』

即答で断言された。

彼女の声からは、今まで耳にしたことがないほどの切実さすら感じられた。

「立華は自分が好きなのか？」

『当たり前じゃない。私、自分にメチャクチャ自信あるし。そうじゃなかったら自撮り写真なんか恥ずかしくて投稿できないし！』

「そういうものか？」

『そういうもの！』

胸を張ってふんぞり返る姿が目に浮かぶようだ。

ついつい苦笑を漏らしてしまった。

『ちょっと、何がおかしいのよ？』

「すまん。立華に感心していた」

『褒められているよーに聞こえないんだけど』

「褒めている。そうだな、俺も少し考えてみるか」

『少しって……まぁ、いいか。狩谷君はもっと自分を大事にすること。いいわね！』

「ああ」

言葉の端々から見え隠れしていた茉莉花の苛立ちは、いつの間にか消えていた。

――いい奴だな、立華は。

声や口調から、純粋に勉のことを思って忠告してくれたのだと心で理解できた。

だから彼女の言葉は素直に聞き入れられる。

突発的な口論の後も、ふたりはそのまま通話を続けた。

いつしか時計に視線を送ることはなくなっていた。

別に大したことを話していたわけではない。

とりとめのない会話だ。日々の授業がどうとか、好きな食べ物がどうとか。

内容はなくとも意味はあった。どんな話題であれ茉莉花との会話は楽しい。

他愛ない彼女の言葉のひとつひとつが、勉の心に温かく染み渡っていった。

◇

油断があった。廊下でのニアミス以降、気を配っていたはずなのに。

慣れとは恐ろしいものだと、これまでの十六年と少々の人生で痛いほど思い知らされてきたはずなのに。

ノートとスマホを介して茉莉花と繋がっているうちに、にぎやかだったり穏やかだったりする日々を過ごしているうちに、普段は視界に入ることもないどこぞの誰かに付け入られるほどの致命的な隙ができてしまっていた。

苦い思いを胸に抱くことになるのは、いつでも手遅れになってからであった。

「ねぇ、茉莉花ってガリ勉と付き合ってるの？」

ある日の昼休み、勉たちの教室に響いた女子の声は、決して大きなものではなかった。ともすれば聞き漏らしてもおかしくない程度の音量だったにもかかわらず、ざわついていた教室は一瞬で静まり返り、その問いは室内の生徒たちの耳に余すことなく届けられた。内容がセンセーショナルであるがゆえに聞き逃す者はいなかった。

学校のアイドル『立華　茉莉花』の恋愛模様は、芸能人のスキャンダルに似ている。テレビやインターネットを介することなく身近に接する相手だけに、注目度や生々しさは茉莉花の方が上回ることもしばしばと言ったところ。

当事者のひとりである勉は、史郎と雑誌のグラビアを品評している最中だった。

気付かないふりをしていたが声はしっかり聞こえていた。静寂に支配された教室の空気と自身に集まる何十もの目の圧に抗しきれず、やむなく頭を上げる。

衆人環視の中、レンズ越しの視線は自然と教室の中央へ飛んだ。

顔を前に向けたまま、黒髪が流れ落ちる茉莉花の背中へと。

『自分で決めたこととはいえ、メンドクサイのは確か』

ノートを貸すと決めたとき、茉莉花がぼやいていた姿が思い出された。

輝かしいカリスマであり続けるための努力を人に見られたくない。知られたくない。

水面を優雅に滑る水鳥に似ていると感じた。

あの手の鳥は、水の中では必死に足をバタつかせているものだ。

勉と茉莉花には疚しいことなど何もない。付き合っているわけでもない。完全に見当違いの言いがかりだ。一抹の虚しさはあるものの、胸を張って言い切れる。

しかし……ここで自分たちの関係を暴露することは、茉莉花の努力をフイにすることに繋がってしまう。それはいただけない。

——どうすればいい？

勉だけの問題であれば『お前たちに関係あるのか？』と一喝して終わりだ。

人づきあいが得手とは言えない勉と積極的に関わろうと考える奇特な人間は少ない。

にべもなく拒絶されれば、わざわざ踏み込んでくる物好きなど誰もいない。

問題は茉莉花だ。振り向かない彼女の表情を背後から窺い知ることはできない。

チラリと横に視線を傾けると、史郎と目が合った。

作り物めいた爽やかさが売りの顔に苦み走った表情を浮かべている。

この男とは、それなりに長い付き合いになるから、ある程度は言語を介さずとも意思の疎通が敵う。史郎の目は『迂闊なことは口にするな』と勉に忠告してくれていた。

今までに見たこともない友人の眼光に、言葉を飲み下さざるを得なかった。

言語化しがたい、または論理的に説明しづらい問題が横たわっていると直感する。

「え〜、いきなり何？　どうしたの？」

室内の空気を震わせた声は、わずかに上擦って聞こえた。思い過ごしかもしれないが。

いつもと同じく軽やかで華やかなトーンにもかかわらず、不安を掻き立てられる音色。

彼女の口からもたらされる言葉を一言一句聞き逃すまいと誰もが神経を尖らせている。

俄かに緊張感が高まってきた。静寂が重い。誰かが喉を鳴らす音まで聞こえてきそう。

「前に廊下ですれ違った時もだったけど、最近アンタら仲良すぎない？」

「そう？　普通だと思うな。だって同じクラスの仲間だし、別におかしくない？」

『普通』『同じクラスの仲間』『別におかしくない？』などなど……

茉莉花の弁明じみた言い回しが、勉の苛立ちを加速させる。

彼女は間違ったことは何ひとつ口にしていない。

『狩谷　勉』と『立華　茉莉花』はただのクラスメートに過ぎない。

何の証拠もないのに、どこの誰とも知らない輩に下世話な詮索をされる謂れはない。

「でもさぁ……私、見ちゃったんだよね。茉莉花とガリ勉が昼休みにデートしてるとこ」

陰質な響きに続いて教室のそこかしこから『え～！』『マジかよ！』などと騒めきが起こり、背中しか見えない茉莉花の肩がビクリと跳ねた。

教室に渦巻く声そのものは決して大きくはない。でも、静まる様子もない。

——見られていたのか！

ギリ、と割れんばかりに奥歯を噛み締めた。

ノートの交換には可能な限り人目につかない場所を選んでいたつもりだったが、完璧ではなかった。自分たちが気づいていなかっただけで、しっかり見られていた。

完全に失態だった。勉は額に手を当てて俯き、目だけで茉莉花の背中を見上げた。距離を置いても、彼女が狼狽している様子がハッキリと見て取れた。

それにしても——気に食わない。

「……わざわざ人前で聞くことか？」

「それが違うんだなぁ、勉さんや」

歯の間から漏れた呻きに史郎が反応した。らしくない疲れ切った声だ。

『違う』と否定されたことも相まって、つい茉莉花から目を離してしまった。

言葉の意図が掴めなかった。彼が言わんとするところを求め、声を潜めて尋ねる。

「『違う』とはどういうことだ？」

「あれは聞いてるんじゃねぇ。聞かせてるんだ」

端整な史郎の顔が歪んでいた。

いつもの軽薄な笑顔とは異なる、なんとも皮肉げな笑みだった。

「聞かせている？　誰に？」

人の心の繊細な動きに疎いことを自覚している勉には、すぐ傍にいる友人が何を言おうとしているのか想像すらできなかった。

多くの知己を持つ史郎が、自分とは異なる世界を見ていることだけは理解できた。

「あ〜、その、えっとだなぁ……」

ふにゃふにゃした枕詞にまとまりのない説明が続いた。

史郎曰く、この教室には茉莉花に想いを寄せている男子（名前は伏せられた）がいて、彼女に勉との関わりを尋ねている声の主（以後『女子A』と呼称する）は、件の男子に想いを寄せている。

だからこそ、女子Aは生徒たちにとっての公共空間である教室で事実（？）を明らかにしようとしているのだと続けた。

「何だそれは？　何の意味があるんだ？」

「意味はあるんだな、これが」

『立華　茉莉花』は学校のアイドルであると同時に恋多き少女としても知られている。

先輩から後輩まで交際相手は数知れず。彼らは例外なく長続きしなかった。

この学校の生徒なら誰でも知っている常識だ。

茉莉花がこの問いにYESと答えれば、その男子は自らの恋心にさらなる落胆を重ねる。

茉莉花がこの問いにNOと答えれば……状況は変わらない。

どちらにせよ、質問者である女子Aにとって損のない展開になる。

「その男が立華を諦めたところで、あの女に靡くとは限らないのではないか？」

「勉さんの言うとおりなんだけど……理屈じゃねーんだな、こういうのは」

肩を揺らした史郎の顔には、珍しく諦観に似た色合いが垣間見えた。

この男もまた多くの女性から想いを寄せられる身の上であった。

似たような事件に巻き込まれたことがあるのかもしれない。

茉莉花に向けられた同情的な視線が、そう感じさせる。

――腹立たしいな。

自分がダシに使われて茉莉花が追い詰められている状況は耐えがたいものだった。

同時に勉自身が日頃から他の人間を『どうでもいい』と評しているだけに、その怒りを正当化しづらいことも認めざるを得なかった。

他者への興味の薄さの行きつく先が無関心か口撃か。

両者は大違いではあるものの、根本的な部分は同じ。

どうでもいい奴がどうなろうと知ったことではない。

関わりのない相手に心を砕く必要性を感じられない。

『ガリ勉ノート』で同級生たちをモルモット扱いする勉も、似たようなことを考えた。

名も知らぬ女子に自分が向けている感情は同族嫌悪と言えなくもない。

そう思い至り、頭を振って脳内から昏い思考を吹き飛ばす。

今この瞬間に意識を割くべき最も重要なポイントは茉莉花だ。
茉莉花に向けられたあらぬ疑惑を晴らさなければならない。
――俺の方はともかく、立華の方をどうにかしないと……
茉莉花を案じる勉の脳裏に声が響いた。
耳を通じて心に刻み込まれた、凛と鳴る声。
スマートフォン越しに届いた、茉莉花の声だった。
『自分のことを思いっきり大好きになって、思いっきり大切にしてあげなきゃ』
ずいぶんと甘い理屈だと思った。
ずいぶんと優しい心遣いだとも思った。
自分のことを好きになるとか大切にするとか、そんなことは考えたこともなかった。
でも……正反対の価値観に立脚する茉莉花の言葉は、勉の胸に優しく沁み入った。
いつかの夜に聞かされた声が甦り、机の縁を掴んでいた両手の指に力が籠る。
「立華……らしくないじゃないか」
苦々しい呟きとともに、勉は教室の中央を睨み続けた。
「あ～、それは」「それは？」

「だからね、うん、ちょっと待って」「何かもったいぶってない？　あやしーなぁ」

「いきなり言われても、ほら……」「ほら……って何が？　わかんないよ」

「落ち着いて、ちゃんと説明するから」「うんうん、ちゃんと聞くから説明よろしく」

「えっとね、えっと……だから……」「だから？　さっきから様子おかしくない？」

「全然反論になってないぞ」

普段の彼女ならサクッと切り返すシーンのはずなのに……狼狽して言葉尻をとらえられ続けている現状は、却ってクラスメートの興味を煽っているだけだ。

——立華……

言葉を重ねるごとに窮地に追い詰められていく茉莉花の背中を離れたところから見守ることしかできないこの状況……もどかしい気持ちが込み上げてくる。

「お前さんらがどういう関係なのかは知らねーけど、変なことを言ったら傷つけるかもとか思ってんじゃね？」

史郎の声はやけに穏やかで、だからこそ聞かされた方は居心地が悪くなる。

熱を帯びた頬を俯いて隠し、短くカットされた後頭部をガリガリと掻きむしった。

いつもみたいに軽薄でからかうような口振りであれば、照れ隠し込みで『知ったことか』

と無視を決め込んだかもしれない。

——いや、それはないな。

否。断じて否である。勉の矜持はそのような可能性を許さない。認めない。

困っている茉莉花を見離して保身に走るような、ダサくて薄情な人間にはなりたくない。

茉莉花が勉に忖度して言葉を濁しているという史郎の見立てが正しいならば、なおさらだ。見て見ぬ振りなんて絶対にありえない。

「……」

何でもかんでも『どうでもいい』と切って捨てるのはよろしくない。

電話越しに茉莉花に怒られた記憶は新しい。

しかし、しかしだ。

自分自身よりも大切なものがあるのなら、自分自身のことなど——どうでもいい。

誰にどう思われようとも、どうでもいい。たとえ茉莉花の意思に反するとしても。

それもまた、勉の中では確かな真実であった。

——すまんな、立華。

心の中で手を合わせて謝り、椅子を蹴って立ち上がる。

「いい加減にしろ」

教室に響く乱暴な音、冷徹な声。驚いた生徒たちの目が勉に集中する。

雑然とした昼休みの教室を睥睨し、ひとつひとつの視線を受け止めた。

清々しいほどに堂々と胸を張り、ゆっくりと眼鏡の位置を中指で直す。

胸中に煮えくり返っていたドス黒い感情が喉を震わせ唇から溢れ出る。

「どいつもこいつも喧しいな。『最近授業についていけない』と立華に相談されたから教えてやっていただけだ。バカみたいにイチイチはしゃぐようなことか？」

傲然と言い放った。喧嘩腰ではなかったとは言え、ヘヴィな憤怒を明白に込めた。

怒りのあまり声が割れてしまわないよう、喉にも顎にも力を入れた。

全員にしっかり聞かせて黙らせないと意味がないから。

生徒たちの反応は様々だった。

いつもは教室の中央に君臨している茉莉花を面白おかしく弄っていたところに乱入してきた勉に対して、『空気読め』とばかりに無言で睨みつけてくる者がいた。

逆に意味ありげな眼差しを向けてくる者もいた。ちょうどふたりの関係が話題になっていたところだったからだと推測された。

いずれにせよ、些事に過ぎない。

——さっさとこうしておけばよかったな。

教室中の注目を一身に集めても、心は凪いでいた。

『狩谷　勉』と、顔も名前も覚える気になれないクラスメートたち。

同じ教室に机を並べて二か月と経っておらず、これまで互いに興味を向けあったこともなかったが……彼らが抱くどのような感情も、痛痒を覚えるほどのものではなかった。学校のアイドルである茉莉花は人目を気にする素振りを見せていたが、勉にとって彼らには日常生活の背景以上の意味もなければ価値もない。

特段に毛嫌いしているわけでもない多勢の前で啖呵を切ることに気後れがあったのは確かだが……いざ実行に移してみても、別にどうということもなかった。

職員室で生徒指導をやり込めた時と何も変わらない。何ひとつ変わらなかった。

茉莉花が振り向いて驚愕の眼差しを向けてくる。桃色の唇が微かに震えていた。

「へぇ、ガリ勉って頼めば勉強教えてくれるんだ。アンタ意外といい奴じゃん。じゃあ私もお願いしていい？」

茉莉花に絡んでいた女子Aが挑発じみた言葉を投げかけてきた。

粘着質で攻撃的で、人を小馬鹿にした口調。

明らかに勉を見下している。根拠は不明だ。

あいにく女子Aの顔は記憶になかったが、見ているだけで胸がむかむかしてくる。

「断る」

「……何で即答なわけ？」

一顧だにせず否を突きつけられて鼻白んだ女子Aは、こちらも苛立ちを隠さずに反撃に転じてきた。

「お前に勉強を教えて、俺に何の得があるんだ？」

「な、何さ、その言い方！　じゃあ、茉莉花に勉強を教えたら何かいいことがあるの？」

「その程度のことすら理解できない粗末な脳みそで、よくもここにいられるものだな。それとも、お前の目は節穴か何かなのか？　鏡くらい見てきたらどうだ？」

「なっ⁉」

茉莉花を問い詰め勉に挑んできた女子Aは、絶句して口をパクパクと開閉させた。

まさかここまで直球の罵倒が返ってくるとは想像していなかったようだ。

陸に打ち上げられて酸欠に陥った金魚よろしく無様を晒している。

茉莉花に勉強を教えることには、シンプル過ぎる利得がある。

男子だったら誰だって即座に思い当たるに違いない。現に頷いている者もいる。

ミスコン覇者にして学校のアイドルとお近づきになる。

それが思春期真っ盛りの高校生男子にとって、利得でなくて何なのか。

裏を返せばノータイムで断った女子Aには、魅力を一切感じていないと明言していることになる。

昨今はセクハラがどうこうとうるさいご時世だ。

人の外見を露骨に揶揄することを咎める暗黙の了解がある。

勉は小うるさい常識や良識の類を頭から無視した。鼻で笑い飛ばした。

やむなく無視せざるを得なかった的な、つまらない言い訳はいらない。

『狩谷　勉』は元からこんな性格なのだ。善人面するつもりはなかった。

勉は面食いであり、相手によって対応を変える。褒められた態度ではないが、隠す気はない。これまでは聞かれなかったから答えなかっただけ。

今も問われないから教えない。突っ込まれるとめんどくさいので、素知らぬ顔で話題を変える。腹に力を込めた。決して隙を見せてはならない。

取るに足らない雑魚であっても付け上がらせてはいけない。

「学力が伸び悩んでいる奴が多いと聞いたが、どいつもこいつも……くだらないことを詮索している暇があったら復習のひとつでもしたらどうだ？」

教室を見回してみれば、心当たりのありそうな者がきまり悪げに俯いた。

自らを省みることができない連中は、恨みがましげな目を向けてくる。

『フン』と鼻息ひとつ鳴らしてみれば、惰弱な視線は霧散してしまったが。

「ちょっと、アンタ調子に乗りすぎじゃない？」

「公衆の面前で他人のプライバシーに土足で踏み込む奴に言われる筋合いはない」

ひと言でバッサリ切って捨てたが……実のところ勉は相対している女子Aがどのような人物なのかわかっていなかった。彼女について持っている情報は、つい今しがた史郎に聞いた内容だけだったりする。

関心のない人間の顔と名前を覚えるのは苦手なのだ。この教室では茉莉花と史郎以外は記憶にない。興味もない。

「……ノート以外に取り柄のないガリ勉のくせに、なにイキッてんの？」

『ガリ勉』という呼称が侮蔑の意図を含んでいることは以前から気付いていたが、これまでは放置していた。

どうでもいいと思っていたからだ。今は違う。どうでもよくはない。

勉はすでに、名前も知らない女子Aを明確に『敵』と認識している。

否、敵と呼ぶほどの相手ではない。わざわざ憎悪を抱くことはない。

職員室に蠢いている教師と同じ、鬱陶しい障害のひとつに過ぎない。

感覚的には稀に姿を現すあの黒い虫と何ら変わりない。だから潰す。

その存在を認識した時点で許し難い。潰さなければ気分がよくない。

是非とも潰さなければ。完膚なきまでに潰さなければ。すぐにでも。

——ん？

『さて、どうやって潰すか』と思案しかけて——彼女の言い回しに違和感を覚えた。

『ノート以外に取り柄がない』という言葉が意味するところは……この女子Aは少なくとも勉のノートの有用性を認識しているということ。

「その口ぶり……お前、もしかして俺のノートを使っているのか？」

「それとこれとは関係ないでしょ」

食い気味な早口が返ってきた。

図星のようだった。女の顔に焦りが浮かんだ。

この女は『ガリ勉ノート』の利用者だ。間違いない。

——なるほど、ならば簡単だ。

即座にこの女子を粉砕する作戦が脳内に構築された。

チラリと史郎に視線を送ると、事情を察してくれたらしく軽く頷き返してきた。

勉と史郎は短くない付き合いだから、余計な言葉はいらない。

アイコンタクトで十分だった。


「そうか。ならば……お前には今後一切ノートを売らない」


かつて茉莉花は『ガリ勉ノート』をして『敵に塩を送る』と評した。

あの時の勉には、クラスメートの誰かが『敵』になるイメージが湧かなかった。

今は違う。この女は敵だ。否、ただの障害だ。

なるほど、敵であろうと障害であろうと、わざわざ塩を送る必要はない。


「勝手にすれば？　ボッチのアンタと違って私にはちゃんと友だちがいるから」


鼻で嗤われた。

制作者（と胴元）を前にずいぶんな態度だと呆れてしまうが……ノートの又貸し等に関する取り決めはなかったから、彼女のリアクションはさほど見当違いなわけでもない。

勉が女子Aにノートを見せないと言っても、余所から入手することは可能なのだ。

『自分たちが把握している以上にノートが広まっている』と以前に史郎から聞かされたことは忘れていない。

――まぁ、そう言うと思っていた。墓穴を掘ったか。

この反応は予想できていた。

史郎が予想しているかは知らない。

もちろん、これで終わるつもりはなかった。

「そうか。ならば、もう誰にもノートは見せない」

「は？」

「誰にも見せなければ、お前はノートを見られない」

眼鏡の位置を直しつつ、吊り上がった口角を掌で隠した。

「うんうん、そうそう……って、勉さん!?」

突然の『ガリ勉ノート』終了宣言に、史郎が目を白黒させた。

史郎以外のクラスメートは互いに目配せを交わし、首をかしげている。

勉が放った言葉の意味するところを、誰もが測りかねているように見えた。

「すまんな、天草。そういうわけでノートは終わりだ」

誰もが戸惑いを覚える中、おずおずと史郎が口を開く。

「そ、そこまでやるの？　いや、まぁ、いいけどよ」

先ほどの反応から察するに、史郎は女子Aにノートを売らないと言った時点で手打ちになると思っていたようだ。

目聡い史郎は勉と茉莉花の近しさに気付いている。

ゆえに勉の心情を慮って、女子Aに対するノートの販売停止には了承してくれた。

そして――史郎の予想は外れた。

トラブルは終息の気配を見せず、状況は次のステージになだれ込む羽目になった。

すなわち全校生徒に対する『ガリ勉ノート』の供給終了である。

ノートの販売停止をちらつかせても、女子Aは勉たち以外の経路からノートを入手するから関係ないと嘯いてくる。

ならば……根っこから遮断する。

向こうが舌鋒の矛先を収めないと言うのなら、どんな手段に訴えてでもノートは使わせないと断固たる意思を示す。

他の連中が巻き込まれることになるが、勉の知ったことではない。

――天草には悪いことをしたな。

申し訳ないと思いはするが、引き下がるつもりはなかった。

勉の下には一年生の頃からずっと収集し続けてきたデータがある。

その中には、この学年において勉のノートを活用している人間は、総数の三分の一にも達するという情報が含まれていた。

先ほどのやり取りを考慮すれば、実際の利用者はもっと多いのかもしれない。

ひとりひとりの素性までは把握していないが……彼らの中には、もはや『ガリ勉ノート』がなければ立ちゆかない者も存在すると聞かされている。

彼らの不満や怒りはノート供給停止の原因となった女子Aに向かう。

勉ひとりで彼女を攻撃するよりも、こちらの方が効率的にダメージを与えられるだろう。

『ガリ勉ノート』の販売は善意から始まったものではない。

勉にとっては将来を見据えたカードの一枚に過ぎない。

本来ならば大学受験のために残しておきたかった切り札ではあるが……ここで使ってしまっても構わない。

「あんた、いきなり何言ってんの？　ノートは関係ないじゃないのよ！」

「関係あるかないかは俺が決める。お前に口を挟まれる謂れはない」

彼女の言うとおり、勉と茉莉花を揶揄する話とノートの販売には何の因果関係もない。

関係ないが、無理やり関係を作ることはできる。すべては勉の胸先三寸で決まるのだ。

茉莉花にこれ以上突っかかるなら、もしくは自分にケンカを売るならノートは終わり。

持てる者と持たざる者。勉と女子Aは対峙する敵同士ではあるが、対等ではなかった。

「おい、ちょっと待て」

「これは洒落にならんぞ」

「もうすぐ中間考査なのに、いい加減にしてよ」

「大会が近いんだ！　補習とか勘弁してくれ！」

ようやく状況を咀嚼した教室の面々が俄かに騒ぎ始めた。

つい今しがたまでは面白おかしく様子見に回っていた連中が、いきなり当事者に祭り上げられて動揺を露わにしている。

他の顧客にしてみればいい迷惑で、黙ってはいられない展開のはずだ。

――せいぜい騒げ。余裕ヅラしている場合じゃないぞ。

勉と女子Aの間では無言の鍔迫り合いが続いている。

そして、時を経るごとに周囲から向けられる敵意が増している。

教室に渦巻く大きな意思を、勉は傲慢と言って差し支えない態度で跳ね返した。

対する女子Aの肩を、傍にいた女子（やはり顔も名前も覚えていない。『女子B』と呼称する）が叩く。

「なによ？」

「なにって、ちょっと……状況わかってんの？」

「うるさい、いまは……」

「……」

「……」

「……ッ」

「……アンタのとばっちりで……」

「裏切者ッ！」

「……バカ、頭冷やしなよ。学校全体を敵に回すよ？」

「ヒッ……」

「それに……し君だって……」

「そ、それは……でも……」

睨み合い。歯ぎしり。動揺。恐怖。

宥めすかして脅かして。顔をしかめて話し合って。

あいにく距離があったので、ふたりのヒソヒソ声を聞き取ることはできなかった。

「狩谷君」

ややあって口を開いたのは、後で立ち上がった女子Bだった。

最初に茉莉花に絡んでいた女子Aは口を閉ざし、親の仇でも射殺しかねない視線を勉に向けてきている。

「ごめん、この子のせいで機嫌を悪くしたのなら謝るから。お願いだから、ノートを……」

その声はあまりに切実に過ぎていた。滑稽ですらあった。

心情を想像することはできても、同情することはできなかった。

「そういうことは本人が直に応えるべきだ。それで、どうするんだ？」

教室中の生徒たちの注目が、勉を睨み付けている女子Ａに集中した。

彼女の胸中は理解の外ではあるが、あちらの出方によってはノートの供給を止めるつもりだった。冗談抜きで。

その時、学年の三分の一にも達する非難が向けられるのは基本的に女子Ａの方だ。想定していたよりも大事になりそうだ。

もちろん勉も恨みを買うことになる。筋違いだとは思うが、別にどうでもよかった。

物事には優先順位があり、勉には自身の評判よりも平穏よりも守りたいものがある。それだけのことだ。自分が引き起こした騒動の結果を受け入れる覚悟はできている。

重苦しい沈黙ののちに、憎悪に満ちた眼差しの女子Ａが白旗を揚げた。

「あ、謝るから、ノートを……」

「最初に謝罪する相手は俺じゃないだろう。その程度のことも理解できないのか？」

「……ッ」

吐き捨てると、女子Ａの頬が紅潮した。

「ごめん、茉莉花」

茉莉花に向き直った女子Aは、渋々と言った素振りで頭を下げた。

「ううん、私こそごめんね。元はと言えば私が見栄張って狩谷君に黙っててもらったのが悪いんだから。狩谷君もごめんね。ほら……」

「ガリ勉……じゃなくて狩谷君、ごめんなさい」

「そうか」

誠意の籠っていない女子Aの『ごめんなさい』には意味を感じなかった。

『どうでもいい』と続けかけて、止めた。

いくら勉でも、それが火に油を注ぐ余計なひと言であることは認識できている。

とりあえず茉莉花にまつわる騒動は有耶無耶にできた。ここまで来れば十分だった。

目に見える形で不快感を表明してクラスメートの関心を集めた結果、彼女が人目を隠れて勉と会っていたことは些細な問題として片付けられた。

……ハッタリを利かせすぎた気がしなくもないが、どうせなら徹底的にやった方が後腐れがない。結果オーライだ。

「えっと、狩谷君、ノートは」

「そのあたりは天草に聞いてくれ」

「お、おう。そこでオレに振るのか。勉さん、無茶振りパねーな。まぁ……ほら、仲直りもできたってことで、ここはひとつ穏便に行こうや。な、みんな？」

仲介に入った女子Bの懇願は史郎に投げた。

何かにつけて揉めがちな自分と違い、上手く場をまとめてくれると信じていたから。

果たして期待を裏切ることなく、史郎は軽妙なトークを交えて騒乱を収めてみせた。

こうして不用意な発言から始まったトラブルは無事に終息し、教室は日常に戻った。

誰もが安堵する中で、椅子に腰を下ろした勉は背筋が寒くなる感覚に襲われていた。

気配を辿ってみると——茉莉花が物凄い笑顔を向けてきている。

あれは、怒っている顔だ。整い過ぎた顔から迸る怒りがヤバい。

予想できていたが、この決着は彼女のお気に召さなかった模様。

『自分を大切にしろって言ったのに、何やってるの狩谷君！』なんて声が聞こえてきそうだった。

思い違いであってほしかったけれど、たぶん間違ってはいない。

——仕方ないな……

腰を下ろして、鈍痛を訴えてくる額に手を当てた。

肩を叩いて労ってくれる史郎の心遣いに、少しだけ目の奥がツーンとした。

第7章　ガリ勉くん、微睡む

@URAAKASAN

　中間考査を目前に控えたその日、放課後の図書室は多数の生徒を迎えて大盛況だった。

　誰もが席を奪い合い、机上の教科書や参考書と睨み合い、ノートにペンを走らせる中で、奥まった位置の机が不自然なまでにぽっかりと空いていた。

　鞄を抱えた生徒のひとりがこれ幸いと歩みを進め……途中で『ひっ』と息を呑んで回れ右、慌ただしく立ち去って行った。

「ん？」

　空席の奥に座っていた勉が顔を上げた。

「どうかした？」

　勉と向かい合って座っていた茉莉花も顔を上げた。

　その瞬間、図書室から音が消えた。

「いや、何でもない」

「あっそ」

刺々しさすら感じさせる声とともに、茉莉花は視線を落とした。

茉莉花の頭のてっぺんをしばし見つめていた勉も、無言で手元のノートに目を戻した。

一拍置いて室内の空気が緩み、そこかしこから声にならないため息が漏れる。

周囲を意に介することなく、勉たちは試験勉強に勤しんでいた。

……表向きは。

「まぁ、無理して隠す必要なかったのかも」

リズミカルに走らせていたシャープペンシルを止め、茉莉花がボヤいた。

勉はチラリと目だけで彼女の唇の動きを追って、再び手元に視線を戻す。

反応が薄すぎて、傍からは脇目も振らずに問題に取り組んでいるように見える。

「てゆーか、聞いてる？　狩谷君やりすぎ。助けてもらったのは感謝してるけどさぁ」

『感謝している』と口にしていても、学校のアイドルは不満を隠そうとしない。

きれいに整えられた眉を寄せ、桃色に艶めく唇を尖らせている。

咎めてくる表情さえ思わず見惚れるほど絵になる少女だった。

「あれじゃみんなを敵に回したも同然だよ」

「別に――」

「『どうでもいい』はダメだから」

「む」

食い気味に先手を打たれた勉に返す言葉はなかった。

『どうでもいい』と思っているのは嘘ではないのだが。

校内に広く出回っている勉お手製のノート、通称『ガリ勉ノート』の供給停止をちらつかせて、自分と茉莉花の関わりをほじくり返そうとしたクラスメート（名前は憶えていない）を鎮圧した。

一件落着と思いきや、茉莉花は勉の対応を是とすることなく、事あるごとに苦言を呈してくる。

勉が他の生徒たちにノートを使わせているのは将来を見据えた長期的な作戦のひとつであり、一年近くの時間をかけて作り上げてきた感想フィードバックシステムの放棄が大学進学に向けた学習計画に与える影響は計り知れなかった。

それでも、とん挫したところで致命的と嘆くほどのことでもない。

大学受験のための勉強方法は、改めて考え直せばいいだけの話だったから。

「あんな言い方……何かあったらノートを盾に脅しをかける人って思われちゃうよ」

平然としている勉をじ～っと見つめていた茉莉花は、ふ～っと大きく息を吐き出した。

言葉の端々から強い不服の意思が滲み出ている。

「間違ってはいないな」

そういうつもりで始めたわけではないが、そういう風に使えるのであれば、それはそれで悪くない。

あの時は茉莉花の風評を守ることに、受験云々より大きな意義を感じたのだ。

手札の切り処を間違えたつもりはなかった。

「でも……もっと穏便な方法があったんじゃないかなって」

「穏便な方法か。あったかもしれないが咄嗟には思いつかなかった。立華はどうするつもりだったんだ？」

「え、私？　えっと、う～ん」

シャープペンシルの尻を顎に当てながら、茉莉花は中空に視線を彷徨わせる。

学校のカリスマである彼女にしては珍しく、回答を迷っているように見えた。

「絡んできた女子に一方的にやられていたようだが？」

「……狩谷君、まさか本当にクラスメートの名前覚えてない？」

「覚えてないな。そこは別にどうでもいいだろう」

「あれ、冗談じゃなかったんだ……あと『どうでもいい』は禁止」

「あのな……」

「まぁ、いつもなら軽く流せてたとは思うけどね」

「……何であのときは対処できなかったんだ？」

「何でって、それは狩谷君が……ううん、そんなのどうでもよくない？」

「『どうでもいい』は禁止じゃなかったのか？」

「む、むう……」

「いずれにせよ、結果的に丸く収まったんだ。あれでよかったんじゃないか？」

茉莉花の窮地を前に、即座に邪魔者を叩き潰した。それも広く見せしめにした。

今後の禍根を断つついでに、他のクラスメートをけん制する効果も期待できた。

当の本人の機嫌を損ねている点を除けば、最良に近い決着だったとさえ思える。

「でも、私……どうしても納得できない」

「何が気に入らないんだ？」

「何がって、みんなに誤解させちゃったじゃない」

「そうか？」

「そうだよ」

——誤解させたと言われてもなぁ……

あれこれ揉めはしたものの、最終的には茉莉花も最近の授業難度に辟易しており、学年首席の勉に勉強を教えてもらっているという話でまとまったはずだ。

『二年になって難しくなってるよね』とか『茉莉花でも苦労しているのか』とか『相手が狩谷なら仕方がない』とか、割と自然な流れになっていたと記憶している。

「私が怒ってるのは狩谷君のせいだからね」

「俺のせい？」

「そうだよ。それを本気で疑問に思ってるところが、凄く狩谷君って感じだけど！」

「……」

ご機嫌斜めな彼女が言うところの『狩谷君って感じ』が実に意味不明であった。

「あんなやり方良くないよ。ワザと自分にヘイトを集めるようなことしなくても……」

「あれが手っ取り早かったんだ」

茉莉花が勉に勉強を教わること。

勉がノートの販売を止めること。

ふたつの事象に関連はなかった。

茉莉花への煩わしい追及を逸らすために、教室に派手な衝撃を与えられればよかった。

案の定『ガリ勉ノート』を利用していた連中が騒ぎ立てて、事の次第を曖昧にできた。

一時凌ぎでしかなかったし、一時凌ぎでよかった。

件の女子Aが相手取っていたのは、学校最強のヒロイン『立華　茉莉花』である。

本気で敵に回すなら水面下で周到に準備を進めるか、場の雰囲気を利用して一気呵成に集中攻撃をしかけるか。

いずれにせよ余程の条件が整わない限りは手を出すべきターゲットではない。下手を打てば逆に敵を増やすだけ。

その程度のことは、この学校の生徒なら誰でも常識レベルで弁えている。

ゆえに勢いを失って立ち消えになった話題を蒸し返す者などいない。

おかげで教室は平穏を取り戻した。つまりはノープロブレムだ。

「だからって、狩谷君がみんなに嫌われたら意味ないじゃん」

「元から好かれていなかったし、今までと何も変わらん」

「あのね！」

茉莉花が身を乗り出してきた。

その顔よりも、迫りくる超高校級のバストに視線が引き寄せられる。

柔らかな膨らみが揺れた。たぷんと、たぷん。実に眼福だ。

生唾を飲み込むと同時に――額に衝撃。痛くはない。

白い指先が、勉のおでこをひと突きしていた。

「どこ見てるの？」

「さすがにここで口にしたくはないな」

「……そーゆーところが、凄く狩谷君だよ」

茉莉花が呆れた声と胡乱げな眼差しを向けてくる。

遠くからゴホンと咳き込む音が聞こえた。

図書委員が無言で警告を発している。

「立華、図書室では静かに」

「う～、もう！」

ぶ～っと不貞腐れながら、茉莉花は身体を引いて椅子に腰を下ろした。

遠ざかる巨乳がもったいないのでガン見したら、思いっきり睨まれた。

「だいたい本当の狩谷君は、えっちでスケベでえっちでスケベで……」

茉莉花は『えっち』と『スケベ』をひたすら連呼している。

間違っていないと自分でも認めているから訂正はしない。

魅力的な女性の性的なパーツに心惹かれるのは本能だ。

中途半端な理性でどうにかなる程度の問題ではない。

性欲の類は公衆の面前であからさまにするべきではないと思わなくもないが、人間には

できることとできないことがある。

「あれ……怖がられてる方が、カッコいいまである？」

白く細い指を顎に這わせていた茉莉花が、真顔で呟いた。

「むぐっ」

あまりにも酷すぎる言い草に、勉は全身を強張らせた。

勉にも矜持がある。負けじと意識して低めの声で喉を震わせる。

「それを俺に聞いてどうするつもりだ？」

「……」

「手が止まっているようだが？」

「……誤魔化した」

「何か言ったか？」

「な～んにも」

「だったら勉強しろ。試験はもうすぐだぞ」

『立華　茉莉花』が『狩谷　勉』に勉強を教わるのは、別におかしなことではない。

教室ひいては校内にそういう共通認識が形成されたおかげで、人目を憚らず直接的に関わり合うことが可能になった。

良くも悪くも勉と同年代の男女は空気を読む者が多い。

論理的な整合性がなくとも、『何となく正しい』と思わせた時点で問題は解決したも同然だった。

「私に『勉強しろ』って言う狩谷君が試験勉強していない件について」

いまだ機嫌が直っていない茉莉花が恨めしげに愚痴を零した。

彼女の言うとおり、机上の参考書は三学期の箇所が開かれている。

茉莉花の勉強を見る傍らで、勉自身はマイペースに学業をこなしていた。

「俺はいつもどおりやっているだけだからなぁ」

生まれてこの方、試験勉強なんてしたことがなかった。

日々の予習復習を疎かにしなければ、試験のたびに詰め込み勉強をする必要はない。

一夜漬け方式で試験を乗り切ったところで、知識が頭に定着しなければ意味がない。

そう告げると、学校のアイドルは『もはや処置なし』と言わんばかりに大袈裟に頭を振った。

ふるふると揺れる頭部に合わせて艶やかな黒髪が宙に舞い踊る。

「これだから狩谷君は……」

——心外だな。

反論は、しなかった。

◇

勉と茉莉花が腫れ物のごとく扱われる日々は、それほど長くは続かなかった。

学年首席と学校のアイドルのコンビは確かに目立つ組み合わせではあるけれど、他の生徒たちにとってはゴシップよりも目先の試験の方が重要だったから。

そのあたりの割り切りは、なるほど進学校の生徒だけのことはあった。

中間考査が近づくにつれて焦燥が高まる学校の中では、勉たちの姿もありふれた風景のひとつにすぎず、程なくして放課後の自習も日常の一部に埋没していった。

そして今日もまた、ふたりは図書室で机を挟んで勉強に勤しんでいる。

「……」

眼前で試験対策に悩む少女に気づかれないよう、勉はノートから視線を上げた。

さりげなく、あくまで視線だけを上げる。眼鏡の位置を直すふりをしながら。

対面に腰を下ろした茉莉花は、頭を悩ませながら問題と向かい合っていた。

たとえ苦戦していても、すぐに助け舟を出したら彼女のためにならない。

彼女が考えている間は待つ。自力では解答できなそうなら声をかける。タイミングを見計らう必要性を鑑みれば、様子を窺う自分は正しい。

茉莉花に見惚れる裏で理論武装を構築する。ただの言い訳だった。

——きれい、だよな。

図書室で向かい合って勉強し始めて、改めて思い知らされた。

『立華　茉莉花』は掛け値なしの美少女だった。間違いない。

否。

『噂にたがわぬ』どころではなく『噂では足りない』ぐらいのスペシャルな美少女だった。

学校のアイドルどころか本物のアイドルと名乗られても納得してしまうレベル。

——うむ、きれいだ。

一年生の頃はクラスが違ったから接点がなかった。

二年生になって同じクラスに編成されはしたけれど、やはり接点がなかった。

姿を目にする頻度こそ劇的に増加したとはいえ、茉莉花の周りには常に人だかりができていた。直視する機会は簡単には見つからなかったし、探そうともしなかった。

それほどに人気者な彼女が昨年来の推し裏垢『ＲＩＫＡ』と同一人物であると知り、凄まじい衝撃に見舞われた。あの時の心情は今となっても言葉では表現し難い。

ツイッターに投稿された写真では、大胆に露出された身体をじっくり眺めることはできても、隠されている顔を見ることはできなかった。

あれやこれやがあって、こうして傍で直に観察できる立場になると……改めて感嘆のため息しか出てこない。

茉莉花の美貌は芸術品めいた美しさではない。生々しい女性としての美しさだ。

彼女は常に思春期を迎えた男の性的欲求をこれでもかと刺激してくる。

――いかんな……

気を抜こうが抜くまいが、ついつい茉莉花に意識を奪われがちになる。

ここ数日、いつもより集中できていない自分の不調には気づいていた。

もともと試験勉強をしない勉は、この程度で成績を落とすことはない。

多少の予習の遅れはあるが、帰宅してひとりで机に向かえば問題ない。

支障をきたすと言っても些細なもの。気合を入れれば巻き返せる範疇。

……などと唱え続ける題目は、言い逃れ不能な自己弁護だらけだった。

「どうかしたの、狩谷君」

「いや、何でも」

「さっきからチラチラ私の方見てるよね」

——バレてたッ！

全身が熱を帯び、ぶわっとおかしな汗が噴き出した。

同時に頭が真っ白になって、せっかくまとった防衛用の理論が吹っ飛ばされる。

茉莉花と関わる前にはなかった経験だ。

対策を施す余裕もなく、口から思考がだだ洩れになってしまう。

「あ、ああ。その……間近で見る立華がきれいなもので、つい……」

「褒めてもらえるのはうれしいけど、胸をガン見してるのもバレバレだから」

「お、おう」

誤魔化そうとしたところをストレートにツッコまれて面食らう。

ずり落ちた眼鏡の位置を（今回は本当に）直しながら精神的平衡を強く意識するも、レンズ越しに視線が中空をふらついてしまう。無理だった。どうにも落ち着かない。

狼狽する勉をジト目で見つめている茉莉花の様子は、いつもと変わらない。

口は緩やかなカーブを描いており、余裕どころか貫禄すら感じられる。

「ま、いいけど」

「いいのか!?」

茉莉花の言葉は、勉の想像の斜め上へかっ飛んでいった。

見られることには慣れていると聞かされていたが、まさか堂々と見る許可が出るとは。

驚きのあまり裏返った声に、遠くから咳き込む音が被さった。

「図書室ではお静かに。ね、狩谷君」

「う、ぬぐ……」

当てつけだとわかっていても、反論の言葉が見つからない。

大きく息を吐き出して対決をあきらめ、机上の問題集に向かい合った。

眼前の美少女のペースに乗せられていたら、どれだけ墓穴を掘るかわかったものではない。

――いったん仕切り直しだ。

心の中で戦略的撤退を試みたが……教科書も参考書も、自慢のノートも役に立たない。

書かれている内容が、まったく頭に入ってこない。

困った。

あまりに困り果ててしまっていたから、俯いた頭の先で茉莉花が柔らかく微笑んでいることに気づくことはできなかった。

◇

「いや〜、今日も捗(はかど)ったわね」

「そうだな」

勉と茉莉花は下校時間のチャイムに急(せ)かされて校舎を後にした。

ふたりと同じくギリギリまで試験勉強していた生徒の姿が周りにチラホラ見えたが……誰(だれ)も彼も態度がよそよそしい。

あからさまに避(さ)けられているとしか思えない。

鈍感(どんかん)な勉でも気付くほどであるから、これは相当なものだ。

「距離(きょり)を置かれているな」

「今さら過ぎる」

茉莉花の声には呆(あき)れの成分が多く含(ふく)まれていた。

勉と茉莉花を巡(めぐ)る一連のゴシップは、すでに校内を駆(か)け巡っている。

他の生徒たちからしてみれば、興味津々(きょうみしんしん)であることには変わりない。

試験を間近に控えて誰もが耳をそばだてる余裕を失っているだけだ。

軽率(けいそつ)に勉の勘気(かんき)に触(ふ)れるとロクでもない事態を招くことも広まった。

その微妙(びみょう)なバランスの上に成り立っているのが現在の距離感だった。

「……邪魔にならないなら構わんが」

勉は他の生徒たちへの関心を失い、空を見上げた。

いまだ夏は遠いとは言っても、徐々に日が暮れる時間は遅くなっている。

昼と夜の狭間と呼ぶには、いささか明るさが強い頃合いだった。

「そこまで割り切るのはどうかと思うけど、人目を気にしなくていいって気楽だね」

隣を歩いていた茉莉花の言葉に何気なく頷いてから、首をかしげる。

——気楽……ああ。

これまで周囲の人間などいてもいなくても変わらない的なスタンスを貫いてきた勉にとっては当たり前のことでも、常に衆目を意識し続けてきた学校のアイドルにとっては、特別に解放感を覚えるほどのことだったと気づかされた。

だから、つい疑問が口を突いた。

「立華は……どうしてそこまでするんだ？」

「どうしてって、何が？」

「何って、それは……その」

思いきり目立ちたい？

人気者であり続けたい？

誰にも隙を見せたくない？

脳裏に浮かんだいくつかの言葉は、どれも微妙に芯を外している気がした。

ノートを借りることを隠そうとしたように表層的な部分にこだわる彼女と、言動の端々にしばしば垣間見える見識や情の深さから感じ取れる人物像の乖離は、かなり激しい。

間違いなく違和感はあるのに、上手く説明できない。

自分から尋ねたくせに口ごもっていると、クスリと笑われた。

「変な狩谷君」

「……変は余計だ」

「ま、いいけど。それよりも……今晩、お楽しみに」

「ん？」

艶めいた囁きに耳を撫でられて、横に目を向けた。

茉莉花が白い手でスマートフォンを握りしめて上下させている。

調子外れの鼻歌とご機嫌な笑顔は魅力に満ち満ちていたが……その表情は校内で見せるカリスマじみたものではなかった。

勉の横で黒髪を靡かせる少女は、いつの間にか妖しく淫靡な気配をまとっていた。

実にアンダーグラウンド的で、健全な女子高生の雰囲気とはかけ離れている。

優等生らしくない表情を見せる彼女もまた魅惑的だった。

否、官能的と表現すべきか。

「最近やってなかったからね」

ニヤリと吊り上げられた口の端を見て、彼女の言わんとするところを理解した。

どうやら彼女はこれからツイッターに写真をアップするつもりらしい。

「せめて試験が終わってからにした方が良くないか？」

心にもないことを口にした。

顔出し写真を直接もらえるようになってからも、『RIKA』の投稿を心待ちにしていることに変わりはない。『甘いものは別腹』などと語られるアレと同じ思考だった。たまたま正体を知ってしまったものだから、試験に向けて頑張っている茉莉花に『最近は投稿していないみたいだな？』と催促したい欲求を抑えていただけである。

当の本人が乗り気とあっては、否定の言葉に力が籠められない。

「気分転換もしないとね」

「気分転換って……」

「楽しみにしてくれてるフォロワーもいるしね。誰かさんみたいに」

「む」

勉強中に胸元を凝視していたことがバレているだけに、言い返すこともできない。

反論しても、画像が投稿されたら拝礼して保存するところまで見透かされている。

「……って言ったら嬉しい？」

「ああ、嬉しい……いや、嬉しいことは間違いないが、そうではなくて……冗談なのか？」

「さて、どうでしょう？」

隣を歩いていた少女が、クスクスと笑って歩みを進める。

揺れる艶やかな黒髪と白い脚に見惚れていると……ふいに、からかわれたと気付いた。

振り向いた茉莉花がひと言、

「狩谷君のえっち」

「立華ッ！」

「ふふっ、怒っても怖くないし」

「ぐぬ……」

教師も生徒も恐れない自分が、茉莉花には振り回されっぱなしだ。

彼女を前にすると思いどおりにいかないことばかりではあるが……自分でも意外なことに、茉莉花に対して不快感を覚えることはなかった。もちろん、理由は説明できない。

ついに中間考査が始まった。

職員室の扉には『立入禁止』の四文字がデカデカと掲示され、校内の人間のほとんどが息苦しい緊張を強いられる日々が続いた。

生徒たちは、チャイムが鳴るたびにテスト用紙と向かい合って頭を悩ませる。

教師たちは、不届きな生徒の不正を見逃さないよう気を張り続ける。

誰もが眉間に深い皺を刻むこと、さらに数日を経て——

「「「「「終わった～～～」」」」」

最終日、最後の試験の終了を知らせるチャイムが校内に鳴り響いた。

校舎に溢れかえる歓声は悲喜こもごも。

喜びを素直に口にする者もいれば、頭を抱えて悲嘆にくれる者もいる。

いつもならば解き放たれすぎた若者を窘める役割を押し付けられた教師たちも『まぁ、今日ぐらいは仕方ないか』と苦笑を漏らす。

颯爽と部活動に向かう生徒もいれば、放心状態で虚空を眺める生徒もいる。

モザイクじみた教室模様の中にあって、ただひとり勉だけは相変わらずの平常運転。

勉にとって試験は日常の延長に過ぎず、終わったところで解放感に浸ることはない。

今も他の生徒たちになど目もくれずに荷物を鞄にしまい込み、さっさと教室を後にしようとしていたのだが……

「おう、勉さんや。早速バイトか？」

「いいや、週明けからだ」

苦難に満ちた試験を無事やり過ごして浮かれきった声を抑えようともしない友人『天草史郎』に問われて、不愛想に答えた。

史郎は基本的に軽妙な男ではあるが、今日はその軽さに磨きがかかっている。

放っておけばフワフワとどこかに飛んで行ってしまいそうな雰囲気があった。

「真面目だねぇ」

「普通だろう？」

このやり取りも、試験が終わるたびに繰り返されている。

お互いに心の底からの思いを口にしているが、相手に響くとは考えていない。

価値観の違いを尊重し合える程度には、勉と史郎の関係は長くて近しかった。

「いやいや、せっかく試験が終わったんだぜ。たまには自分にご褒美をプレゼントするくらいのゆとりを持とうや」

「そうか？」

史郎の言葉に勉は眉をひそめて首をかしげた。

自分を労う意義を特に感じていなかったからだ。

「まぁ、暇ならいいか。これから打ち上げってことでファミレスにでも――」

「狩谷君、ちょっといいかな？」

史郎とは反対側から透き通るような、それでいて甘やかな声が勉の耳朶を打った。

すっかり聞き慣れた音色は、わざわざ目を向けずとも声の主の名を教えてくれる。

「すまんな立華、天草が」

「天草君？」

振り向いた先には――予想どおり学校のアイドル『立華　茉莉花』がにこやかな笑みを浮かべている。

自身に向けられていない笑顔の意図を推し量ることは難しかった。

……いつにも増して隙のないスマイルは、心なしかワザとらしく見えた。

「え、あ、いや～～～～～、オレは別に何も」

「天草？」

「勉さん、安心しろ。オレは野暮なことはしねぇ」

芝居がかった口調に神妙な顔つきで勉の肩をぽんぽんと叩いた史郎は、くるりと背を向けて、ひらひらと手を振りながら遠ざかっていった。

声をかける暇もなかったし、『声をかけるな』と背中が語っていた。

茉莉花の方を見やると、そこには先ほどと変わらぬ笑顔がある。

「どうかした、狩谷君？」

「……何でもない。それで、俺に何か用か？」

会話の流れで尋ねはしたが、実は勉の側にも確認したいことがあった。

彼女に勉強を教える期間について、今まで特に定めていなかったのだ。

ちょうどいい機会だった。今後について話をしておかなければならない。

――まさか延々と勉強を教え続けることにはならんと思うが……でもなぁ……

自分の時間を削られる煩わしさと、茉莉花との時間を終わらせるもったいなさ。

両方の感情が複雑に混ざり合っていて、いまだに結論を決めかねている。

「……」

ふいに名状しがたい悪寒に襲われた。

背筋に震えが走る。唇が強張って動かなくなった。

茉莉花の笑みが怖い。路地裏に連れ込まれた時の記憶が甦る。

表情は変わっていないし、おかしなことを口にしているわけでもないのに。

『蛇に睨まれた蛙』という嫌なことわざが脳裏に浮かんだ。勉が蛙で茉莉花が蛇だ。

……さすがに本人に向けて『蛇』などと呼ぶ無礼を働くつもりはなかった。

煩悶する勉を余所に、茉莉花は頬を膨らませている。

「何って、試験が終わったんだよ」

「そうだな」

「試験が終わったら？」

「普通の授業に戻るな」

「違います。打ち上げです」

ひと言ごとに圧が強くなる。

――選択肢を間違えたか。わけがわからん。

打ち上げと聞いて、勉はわずかに顔をしかめた。

「俺は、ああいう場所は性に合わん」

「『ああいう場所』って？　さっき天草君と打ち上げがどうとか言ってなかった？」

「その……大して親しくもない人間が大勢集まって騒ぐとか、そういうのが苦手だと」

「大勢？」

今度は茉莉花が眉をひそめた。

ミスコン覇者にして学校のアイドルである茉莉花は常に数多くの人間に囲まれている。

『ガリ勉ノート』を巡る先日の一件を経て、放課後に勉と図書館で勉強するようになっても、教室では変わらぬ太陽であり続けていた。

彼女が『打ち上げをする』と声をかければ、クラスメートの大半が集まってくる。

その未来は、もはや必然。

「ああ、そーゆーこと」

思うところを説明すると、茉莉花は得心した様子で頷いた。

茉莉花は鈍感ではない。クラスにおける自分の立場を正確に理解している。

「えっとね……今回はそーゆーの無しにしようって思ってたんだ」

「それはまた、どういう風の吹き回しだ？」

「どーゆーって……ほら、私、狩谷君にお世話になりっぱなしじゃない？」

「俺の方が立華の世話になりっぱなしなんだが」

「そーゆー話はしてない」

茉莉花の声がフラットに響いた。

これは……かなり怒っている。

「すまん」

「で、どうするの？　行くの、行かないの？　ちなみに行く場合は私とふたりきりだから、狩谷君が心配してるよーな状況にはならないので安心して」

「……一応聞いておくが、俺に拒否権はあるのか？」

「ご想像にお任せします」

今日一番の笑顔からは、抗い難いプレッシャーが放たれていた。

◇

茉莉花に連行された……もとい案内された先は、カラオケボックスだった。

「やっぱ打ち上げと言えばこれでしょ」

「そうなのか？」

「そうなのです」

「そうなのか……」

自信満々に言い切られたものだから、腑に落ちなくとも疑問を重ねることはなかった。

「狩谷君、打ち上げとかって初めてじゃないよね？」

「ああ。天草と何度か行ったことがある。カラオケは初めてだがな」

生まれて初めて足を踏み入れたカラオケボックスは、不思議な空間だった。

室内はそれほど広くはないが、息苦しさは感じない。

ふたりで占有するには十分なスペースが確保されている。

――マイクとは、こんなに重たいものなのか……

照明は薄暗く、見たことのない機械がいくつもあった。

尋ねれば茉莉花が使い方を教えてくれそうだが、どうにも気恥ずかしさが先に立つ。

「ふ～ん、天草君とはどんなところに行くの？」

何気ない茉莉花の問いに引っかかりを覚えた。

ただ……何が奇妙なのか適切に言語化することができない。

発言の内容からも声色からもネガティブな印象は受けなかったにもかかわらず、だ。

脳の深いところが鳴らす『慎重に回答せよ』との警鐘が、どうしても無視できなかった。

「そうだな……牛丼屋」

「うんうん、他には？」

「ファミレス」

「なるほどねぇ」

「あと、牛丼屋」

「え、それだけ？　もう一周したの？」

「それぐらいだな」

「へ、へぇ……えっと、聞いてなかったんだけど、天草君以外の人と行ったことは？」

「天草だけだな」

問われたままに答えた勉の目の前で、茉莉花が震えていた。

わずかに俯いている彼女の顔にいかなる表情が浮かんでいるのか、背が高い勉からは目にすることができない。

これまでの経験を振り返り、今の彼女に迂闊な言葉をかけるのは危険だと判断した。

『臆病なことだ』と自嘲していると、学校のアイドルは急に顔を上げた。

キッと強烈な眼差しを勉に向けて、茉莉花が叫ぶ。

白い指を勉の鼻先に突き付けて。

「狩谷君は、打ち上げをわかってない！　これからみっちり叩き込んであげるから、覚悟しなさいッ！」

訪れたことこそなかったとは言え、勉にだってカラオケボックスの知識はある。

歌を歌うところだ。

それくらいのことは理解できているが、茉莉花に誘われて実際に足を踏み入れてからすでに一時間が経過しているにもかかわらず、勉は一曲も歌っていない。

右手にマラカス、左手にタンバリン。リズムに合わせて両手を振って楽器を鳴らす。ひたすらにぎやかし役に徹していた。

「〜〜〜〜♪」

レンズ越しの視線の先には、マイクを片手に熱唱する茉莉花がいた。

慣れた手つきで機械を操作し、どんどん曲を入れてガンガン歌っている。

水仕事の合間にテレビの歌番組を流しておく程度が精々の勉でも知っているヒットナンバーから始まり、聞いたこともない歌も頻繁に交じる。

アップテンポな曲調から、しみじみとしたバラードまでバリエーションも幅広く、普段から彼女が相当カラオケに親しんでいることが窺える。

歌は——上手い。勉は音楽に疎く、したり顔であれこれ論評することはできないが、曲に合わせて室内に響く美声は耳に心地よい。それで十分だった。

茉莉花のテンションはずっと高いまま、水分を補給するわずかな時間を除いてマイクから手を離すことはない。

——体力あるな、立華。

歌って歌って歌いまくっているにもかかわらず、茉莉花の声が嗄れることはない。

リズミカルに躍動する身体にも疲労の陰りは見られない。

白い肌は興奮のためか紅潮し、額には汗が煌めいている。

ほの暗い照明が浮かび上がらせる姿は、教室で輝く彼女とはまた異なる趣があった。

「ねぇ狩谷君、楽しんでる？」

歌声が止まったと思ったら、目の前に茉莉花がいた。

ぼんやり見惚れていたせいか、接近に気付かなかった。

仰け反る勉に向かって、ずいっとマイクが突き出される。

見上げると——先ほどまで上機嫌で歌っていたのと同一人物とは思えないほどにブスッ

とした表情を浮かべていた。

『せっかくきれいな顔なのに、そんな表情はもったいないな』と思いはしたが、褒め言葉ではないので本人に直接言うのはやめておいた。

実際に口にしたのは、質問に答えるための別なセリフだ。

「ああ。楽しんでるぞ」

無難オブ無難。

嘘はついていないが面白くとも何ともない返しだった。

案の定と言うべきか、茉莉花の表情は晴れない。

「ほんとに？　私ばっかり歌ってるし、狩谷君の目が凄いことになってるし」

「俺の目つき？」

「うん、凄いガチだった」

穏やかな心持ちでいたつもりだったが、目が口ほど以上に物を言っていたようだ。

長く艶やかな黒髪、大ボリュームの胸元、短すぎるスカートなどなど。

茉莉花の色々なところが揺れていて、追いかけるのに必死だった。

見目麗しく発育著しいＪＫは、見どころが多すぎて困る。

だから視線が鋭くなるのも仕方がない……と胸を張るのは憚られた。

いくら茉莉花がセクハラトークに鷹揚でも、甘えすぎるのは危険だ。

礼儀というものがあるし、おそらく限度もある。

楽器をテーブルに置いて眼鏡を外し、目蓋を閉じてそっと指で押さえた。

「そ、そうか？　それはすまなかった」

「いいけどね。狩谷君はえっちだってわかってるし」

バレバレだった……ではなく、以前からバレていた。

バレていることは知っていた。どうしようもなかった。

とは言え……誤魔化せなくとも、取り繕う必要性はある。

「待て、それは良くない」

「そう？」

手でマイクを遮って歌う意思がないことを示すと、茉莉花は勉の横に腰を下ろした。

『ちょっと休憩』と称して、テーブルの上に置かれていたオレンジジュースに口をつける。

ごくごくと液体を嚥下する音と、上下する白い喉の動き。鼻を掠める汗の匂い。

——これは……落ち着け。冷静になれよ、俺。

頭の中で何度『ＢＥ　ＣＯＯＬ』と呟いても、まるで効果がなかった。

裸眼でも見えるほどの近距離に飛び切りの美少女がいる。

夢のようなシチュエーションに心がざわめく。

眼鏡をかけ直して大きく深呼吸すると……隣に座っている茉莉花から漂う、むせ返るような芳香を吸い込んでしまった。瞬く間に意識と視界が桃色に霞む。

——無理だッ！

この状況で落ち着くなんて、それは不可能に近い難題だった。

「カラオケ、苦手だった？」

「歌うのは……あまり得意ではないな。カラオケ自体が初めてだから、どうしたらいいかよくわからんのもあるが」

勉の状況は察しているだろうに、当たり障りのないことを聞いてくれる茉莉花に感謝した。いい感じに手のひらで転がされているような気もした。

「そっか。先に言ってくれたら、別のところにしたんだけど」

「構わない。歌っている立華を見てるだけで十分だ」

思ったことを隠すことなく口にした。

どこを見ていたかは、あえて言葉にはしなかった。

エロい本性がバレている事実は受け入れても、せめてもの見栄を張った。

「……すぐそーゆーこと言う」

茉莉花は薄く頬を赤らめ、ズズズ～と音を立ててジュースを啜った。

『はしたないな』と思う反面『似合っているな』とも思ってしまう。

矛盾しているようでしていない、つくづく不思議な少女だった。

理屈で説明できない魅力に溢れていることだけは間違いない。

「なに？」

「なんでもない」

黙ってじっと見つめていたら、怪訝な眼差しを返されてしまった。

追及を避けるために勉もまたコーラを口に運ぶ。

炭酸が抜けて氷が溶けて、ぬるい砂糖水と化していた。

美味くはないが、とりあえず口を塞ぐことができればよかった。

「そういえばさぁ」

勉から目を離した茉莉花は、手元の機器を弄りながらポツリと呟いた。

「私、狩谷君のことってほとんど何も知らないなぁ」

その声は、薄暗く狭い個室にやけに寂しく響いた。

小さな声ではあったが、勉の耳にもしっかり届いた。

たったひと言で、勉の胸中が表現し難い情動に揺れる。

「そうか？」

「うん。ちょっと前までは学校で一番頭がいい人ってぐらいだったし」

「そうか」

「最近になってわかったのは……物凄くえっちで、物凄くえっちで、それで物凄くえっち」

「三回も言う必要あったか？」

「うん。とてもとても大事なことなので三回言いました」

「……」

酷い偏見……と反論することはできなかった。

同年代の男子と比較して自分が特段スケベだとは思わなかったが、趣味はエロ画像投稿系裏垢鑑賞で、しかも推しの正体がクラスメートだと判明しても止めるどころか煽る始末。

これまではあまり意識する機会がなかっただけで、茉莉花の酷評は実に正鵠を射ていると納得させられそうになる。

――いや、でも……男がスケベなのは当たり前だろ？

お前だってわかっているくせに。

そう言い返したいところだったが、ぐっと堪えた。

茉莉花の声に元気が戻ってきていたから。いい傾向だと思ったから。

「あと、カッコいい」

「……誰が？」

会話の流れを考慮すれば、自分のことだと推測することはできる。

ただ、これまでの人生において『カッコいい』と評された経験は皆無だ。

男女を問わず、である。現在唯一の友人である史郎からも言われたことはない。

不細工とまで卑下するつもりはないが、見栄えに優れていると自信を持つこともない。

ゆえに、彼女の称賛を額面どおりに受け入れられなくて、反射的に問い返した。

相手が学校一の美少女であることも、疑いに拍車をかけてしまっている。

——前にも似たようなことがあったな。

ココアを飲んでいたときや動揺を見せたときに『可愛い』と言われた。

あれも初めての経験だった。

勉強を教える際に近しく接して気付いたが……ボキャブラリーに差異はあれど、ふたりの価値判断基準にそれほどの食い違いはない。

だからこそ、余計に彼女の真意が掴めなくて困る。

『カッコいい』も『可愛い』も本気だとわかってしまうから。

続けるべき言葉を見つけられずに沈黙していると、茉莉花はニヤリと口の端を吊り上げて白い指を突き付けてきた。

「もちろん、狩谷君。だって……ほら、先生とか他のみんなに嫌われるの覚悟で私を助けてくれたし。あれ、すっごくカッコよかったよ」

「別に助けたつもりはなかった。どちらも癇に障っただけだ」

心にもないことを口にしていた。

『滑稽だな』と頭の片隅から声が聞こえる。

「……ま、そーゆーことにしておいてあげる。ね、狩谷君は？」

「む？」

「狩谷君は私のこと、どれくらい知ってた？」

サラリとした口振りではあったが、覗き込んでくる眼差しは真剣そのものであった。

「む……むむ？」

尋ねられて返答に窮する。

整い過ぎな茉莉花の顔、その中でもひときわ目立つ漆黒の瞳が揺れていた。

新月の夜の静謐な海を思わせる深い黒が湛える感情を言い表す単語は思いつかなかったが……その眼差しを正面から受け止めてしまった以上、『適当なことは言えないな』と居住まいを正さざるを得なかった。

視線を茉莉花から外して腕を組み、頭の中でじっくりと言葉を探す。

間近で見つめられたままの長考を経て、勉は改めて口を開いた。

「そうだな。俺も立華のことは、ほとんど何も知らなかった」

『怒るかな？』と思ったが、茉莉花は何も言わなかった。

向けられる双眸が無言で先を促してくる。

「入学した当初から、同じ学年に凄い美少女がいるとは聞いていた」

「ほうほう」

「文化祭のミスコンで優勝した有名人で、人気者で……」

——もう少しマシなことが言えないのか、俺は。

我が事ながら情けなくなってきた。どれだけ当時を振り返ってみても、口をついて出てくるのは彼女の容姿やポジションを賛美する言葉ばかり。

『立華　茉莉花』個人の気質や性格を意識した記憶がなかった。少なくとも裏垢の件が発覚するまではゼロだったと言っても過言ではない。

それほど自分とは縁遠い人物だと考えていた証拠でもある。茉莉花に限らず同年代の異性に近しい者などいなかったという事実は脇に置いておく。

唯一の例外は義妹だが、ここに家族を含めるべきではない。

「狩谷君は私を見たことなかった？」

「いや、遠目には何度か」

素直に答えた。

『見てなかった』とか『興味なかった』などと言ったところで信じてもらえそうにない。

茉莉花は人の感情に敏感で、超がつくほどの至近距離。ふたりきりで逃げ場はない。

このシチュエーションで疑惑を追及されたら、とても躱しきれるものではない。

「近くで見ようとは思わなかったの？」

「あんな人だかり、勘弁してくれ」

評判の美少女を傍で見たい気持ちはあった。

しかし、いかんせん立ちはだかる障壁が半端でない。

『人は石垣、人は城』と称したのは……確か武田信玄だったか。

茉莉花城は天下に名だたる堅城であり、無理攻めするには難度が高すぎた。

付け加えるならば、城門を突破して本丸までたどり着いたところで、何をすればよいのか皆目見当もつかない。

闇雲に門を叩くほど積極的になれなかったし、それほど暇でもなかった。

「率直に言って、今のこの状況に現実味がない」

学校のアイドルとマンツーマンでカラオケIN密室。

並んで座って談笑しているなんて、デートみたいではないか。

異性とデートした経験はないから、この喩えが適切かは疑わしいが。

仮に一年前にタイムスリップできたとして、当時の自分に『お前、一年後にあの『立華茉莉花』とふたりきりでカラオケ行ってるぞ』と告げたら、『俺は勉強のし過ぎで頭がおかしくなってしまったのか？』と一一九番通報されそうだ。

「ひょっとして……私って迷惑？」

震える声からも潤んだ瞳からも、強い不安が滲み出ていた。

さして長い付き合いでもない茉莉花であっても、勉が他者との交流を苦手にしていることは察しているはず。

普段はあまり意識しているようには見えないけれど、心のどこかで引っかかっている部分はあるのかもしれない。

……あくまですべて勉の推察に過ぎないが、大きく外してはいないと思われる。

茉莉花は自信満々な態度の裏に、他者への気遣いを隠すタイプと見た。

彼女の心に巣食う疑念を払しょくする必要性を強く強く感じた。

『心配するな』と。

だから、ことさらにぶっきらぼうに言い放つ。

「まさか。立華、それは考えすぎだ」

「そう？　ならよかった」

胸を撫で下ろす茉莉花を見て、勉もほっと息を吐いた。

確かに他人と関わることを煩わしいと思うことはある。

でも、アルバイト先では普通に働いているし、学校にだって史郎がいる。

誰それ構わずアウト判定を下して遠ざけているつもりはない。

――立華は……どうなんだ？

自問すると『ＹＥＳ』と脳内会議が満場一致で即決した。

隣に腰を下ろしている少女と距離を置きたいとは思わなかった。

でも……理由を問われても、適切な語彙を発揮できない。それも間違いではない。

『立華　茉莉花』をどう捉えているのか、自分自身でも確信できていないのだ。

こういうところで己の対人能力の未発達ぶりを否応なく思い知らされる。

「まぁ、狩谷君はえっちだからね。私を放っておくわけないか」

「その自信はどこから湧いてくるのやら……あ」

「ん？　何？」

「えっちだ」

「狩谷君が？」

「立華が」

「む〜」

茉莉花はむくれてしまったが、怒っている感じではなさそうだった。

エロ裏垢主である以上、否定したくとも否定できないことは明らかだ。

散々振り回されてきた数々の思い出が甦り、一矢報いたことに細やかな満足感を覚える。

我ながら子どもっぽいと苦笑する裏では……茉莉花に対する疑念が膨らむ一方だった。

これほどのカリスマ美少女が何故裏垢に手を染めるのか、と。

——聞きたい。知りたい。でも、聞けない。

今の距離感が心地よくて、どうしても踏ん切りがつかない。

あれこれ迷っているうちに、茉莉花が口を開いた。

「ねぇ……狩谷君」

「なんだ？」

先ほどから茉莉花に返す言葉が短くなっている。

アルコールの類を口にしているわけでもないのに、舌が上手く回らない。

生まれつきマルチタスクは苦手な性分だ。頭の中に浮かんできた謎は後回しでいい。

今は、目の前の問題に対処するべきだと判断した。茉莉花が纏っている雰囲気が、自然とそう思わせるのだ。

「私さぁ」

「……ああ」

わずかに言い淀んだ茉莉花は、ずいっと身体を寄せてきた。

身を引く間もなかった。耳元に唇を感じる。

「狩谷君のこと、もっと知りたいなぁ」

甘く蕩けるような声だった。

耳にするだけで脳が溶かされそうな。

案の定、勉の精神防壁は一瞬で崩壊した。

「そうだな。俺も立華のことをもっと知りたい」

むき出しにされた心から、呆気ないほど容易く本音が零れ出た。

知れば知るほど、茉莉花のことが知りたくなる。

これまでに覚えがない心の動きだった。

戸惑いはあるが、好奇心が勝った。

「あはは、同じだ。じゃあ……」

茉莉花が覗き込んでくる。

漆黒の瞳に魂が吸い込まれそう。

「付き合おっか？」

「……は？」

間抜けな声が漏れた。

聞き間違いかと訝しみ、まじまじと茉莉花の顔を見つめ直してしまった。

残念なことに、光源は薄暗い照明と見覚えのない映像を垂れ流すモニターだけだったので、至近距離であるにもかかわらず隣に座る少女がどのような表情を浮かべているのか、しっかりと確かめることはできなかった。

ただ——首をすくめつつも見上げてくる茉莉花の双眸は艶やかに濡れていて、シミひとつない白い頬に朱が差していた。

恥ずかしがっているようにも、期待しているようにも見える。

あまりにもできすぎた絵面、あるいはドラマティックな光景だった。

──今、立華は何と言った？

唐突にして強烈すぎるインパクトに吹っ飛ばされかけた意識を無理やり繋ぎ合わせ、どうにか状況を咀嚼しようとした勉の耳朶を、さらに甘えるような声が撫で上げた。

「だめ？」

小首をかしげての第二撃。破壊力は抜群だった。

未知の感情に勉の息は詰まらされ、胸が軋みを訴えてくる。

『付き合おっか？』

追撃を受けて確信した。

確かに茉莉花はそう言った。

決して聞き間違いなどではなかった。

濡れた唇からもたらされた言葉を正しく認識した瞬間、勉の心臓が大きく跳ねた。

──付き合うって、誰と誰が？

考えるまでもない。勉と茉莉花だ。

一拍置けば理解はできた。納得はできない。

──前にも似たようなことを言われた記憶があるな。

学校にメイクをしてくる云々で生徒指導から助けたときのことだ。

お礼にデートを……と冗談めかしていた茉莉花だったが、あの時と今では状況が違う。

表情も、声色も、何もかもが違う。ふたりの距離すらまるで違う。

冗談を口にしているようには見えなかったし、冗談と解釈する余地はなかった。

――立華……本気、なのか？

すぐ間近で実際に耳にしているのに、とてもではないが信じられない。

勉の妄想が茉莉花の姿を借りて具現化したような不思議な感覚だった。

そう、妄想。妄想という表現がしっくりきすぎる。あるいは夢の中だ。

さすがに頬を抓りはしなかったが、太腿は抓った。ちゃんと痛かった。

『らしくない』と言っては失礼だと思いはしたが、自信満々ないつもの茉莉花の佇まいからは想像しがたい声色であったから、なおさらにリアリティが感じられなかった。

しきりに耳を疑う一方で、心が浮き立っていることもまた事実だった。

夢見心地なんてフワフワしたものではなく、噴火寸前の火山に酷似した心境と称する方が正確ではあったが。『心が浮き立つ』では本音をオブラートに包みすぎだ。

ゴクリと唾を飲み込む音が、やたらと大きく耳の内側に響いた。

学校のアイドル『立華　茉莉花』。

エロ自撮り系カリスマ裏垢主『ＲＩＫＡ』。

これまで現実とインターネットによって隔てられていた両者が『狩谷　勉』によって結び付けられ、ひとつになろうとしている。

『勉によって』の部分がことさらに優越感をくすぐり、高揚感が総身を震わせる。

それでも……胸の奥から今にも溢れ出しそうな情動が『立華　茉莉花』と『ＲＩＫＡ』のいずれに由来しているのかまでは判別できなかった。

——どちらでもいいことなのかもしれないな。

なぜなら、ふたりは同一人物だから。

それを知るのは、茉莉花本人を除けば自分だけだから。

『いいよね、共通の秘密って。ドキドキしない？』

かつて彼女が口にしたその言葉に、今なら心の底から同意できる。

ただ——あまりにも勉に都合がよすぎたから、素直に首を縦に振ることができなかった。

つくづく自分は小心者だと思わざるを得ない。

「……いろいろすっ飛ばしすぎてないか？」

パクパクと開いたり閉じたりを繰り返すだけだった役立たずな口から、どうにかこうにか言葉を絞り出した。

まずは友だちあたりから始めて時間をかけて互いに信頼やら信愛を深めあい、しかる後に彼氏彼女の関係になる。それが普通の流れではないか。

少なくとも勉はそう考えていた。

──違うのか？　いや待て、普通ってなんだ？　何か指標があるのか？

俄かに不安を覚えた。

何しろ勉には男女交際の経験がない。

恋愛に対するスタンスにも根拠がない。

この手の話題に関しては勉と茉莉花では勝負にならない。

『立華　茉莉花』は恋多き少女。

入学してから現在までに彼女と関わった男子は、噂に聞くだけでも両手の指の数を超える。茉莉花の豊富な経験から出た言葉の方が、何も知らない勉の想像よりも信ぴょう性が高いのではないか。この推論はなかなかに崩しづらい。

『立華さんはオレに、いやオレたちに関心がない』

不意に聞き覚えのある声が耳の奥に甦り、甘く痺れた脳内に冷ややかな風が吹き込んだ。

誰の声だっただろう？

いつ聞いたのだったか？

幸い、すぐに思い出せた。

数少ない友人『天草　史郎』が茉莉花をそう評していた。

交際人数が多いということは、別れた人数も多いということ。

入学してから一年と数か月の間に十人以上となると、これは相当なハイペースだ。

――浮気や二股の類はないとも言っていた……ひとり当たりの期間は余計に短くなるぞ。

ひとりひとりの相手に関心を抱いていないから、簡単に付き合うし簡単に別れる。

史郎が語っていたのは、大体そういう感じの内容だったと記憶している。

「立華は……俺に興味があるのか？」

「え？」

待ったをかける間もなく、疑問が勝手に口を突いて出てしまった。

関心がないから別れる以前に、関心がないなら最初から付き合わないのでは？

史郎のドライな茉莉花評を耳にしたとき、直感的にそう思ったのだ。

そして、この状況である。問いかけずにはいられなかった。

「うん。興味あるよ。当たり前ってゆーか今さら過ぎるってゆーか」

目を丸くした茉莉花は、それでもあっさり首を縦に振った。

もちろん、それだけで終わってはくれなかった。

「何でそんなこと聞くの？」

「……」

投げ返された問いに、勉は口ごもらされてしまった。

尋ねたことに理由はあったが、これは素直に話してよいものか？

聞きようによっては……否、どう聞いても茉莉花に対する中傷でしかないのに。

「狩谷君？」

声が近い。瞳も近い。頬に吐息を感じる。

誤魔化せない。逃げられない。時間稼ぎもできない。

下手を打てば、茉莉花との関係はここで終わるかもしれない。

頭が、胸が苦しい。訪れるかもしれない最悪の展開を想像することが、辛い。

彼女に、推しに嫌われるのは絶望でしかないが、嘘をつく気にはなれなかった。

ここで嘘をついてしまったら、二重に茉莉花を侮辱することになると思ったから。

「その……立華は、あまり他人に関心を抱いていないのではないかと思ってな」

「何それ？」

憮然とした声だった。温度を感じなかった。

「……そーゆーことを狩谷君に吹き込むのは天草君かな？」

「……」

答えられなかった。答えたも同然だった。

「やっぱり。ま、天草君らしいといえばらしいけど、ちょ～っと違うかな」

「違う？」

言葉尻を拾って問い返すと、茉莉花は小さく首を縦に振った。

「確かに私は何人もの男子と付き合ってきたよ。そのくせして、すぐに別れてばっかりだから、そう思われるのも無理はない……と言いたいところだけど、違うの」

「……」

冷房が効いているはずなのに、頬を伝って汗がしたたり落ちる。

重苦しい沈黙の底で、茉莉花の次の言葉を待った。

「男子を、男子の心を弄んでるわけじゃないの。関心がないなんて、お門違いもいいところ。私はいつも本気だよ」

「今までの相手も……全部、本気だったのか？」

「そ。本気も本気、超本気。付き合い始めの頃とか相手にメチャクチャ興味あるもん。『あ、この人いいかも』とか『この人のこと好きだな～』って思ったりもするよ。私、こう見えて凄く寂しがり屋なんだ。ひとりぼっちって苦手だな。だから、すぐ人恋しくなるって言うか……その代わり、彼氏がいるときは毎日キラッキラでウッキウキになっちゃうの」

「……寂しがり屋？」

「何でそこに疑問を持つのか、じっくり話し合いたいなぁ」

「いや、話の腰を折ってすまん。続けてくれ」

「はいはい。でも……そうやって付き合ってるうちに、彼氏と一緒にいるときの方が寂しくなってくるの。ひとりのときよりも、ね。それで結局いつもダメになって……はぁ」

茉莉花は肩を竦め、渋い笑みを顔に張り付けた。

「何なんだろーね、ホント。これでも頑張ってるつもりなのになぁ。自分で言うのもなんだけど、私って恋人としては出来過ぎてるって思わない？」

「……一緒にいるときの方が寂しくなる、か。何か心当たりはないのか？」

「今あっさりスルーしてくれた件については怒らないでいてあげるけど……原因がわかってたら自分で何とかするって。たぶん私の性格に問題があるんじゃない？」

「性格って、立華だけが一方的に悪いわけじゃないだろうに」

擁護しようとしたが、茉莉花の性格がアレなことは否定できなかった。

言葉を選び損ねて舌打ちする勉に、茉莉花は愁いを帯びた顔を向けてくる。

「元カレの悪口は言いたくないかな。別れはしたけど一度は好きになった相手だからね。まぁ、いい人ばっかりじゃなかったってのはあると思うよ。純粋に『好きだ！』って言ってくれる人もいたけど……逆に私とえっちしたいって欲望丸出しの人もいたし、私と付き合うことにステータスを感じてるって言うか、露骨にトロフィー扱いしてくる人もいたし」

「そいつらは論外だろ？」

つい口を挟んでしまったが、後悔はない。

話を聞かされているだけで気分が悪くなる連中ばかりだ。

男の風上にも置けない奴らだと憤りを覚えた勉だったが、茉莉花の反応は鈍かった。

「そう？　えっちしたいってことは私の容姿に魅力を感じてくれてるってことだし、付き合ってることを周りに自慢するってことは、私そのものに価値を見出してくれてるってことでしょ。良くは聞こえないかもしれないけど……正直そこまで悪いとは思ってないな」

「そうなのか？」

「男の子だもん、それぐらいふつーふつー」

「寛容すぎる」

「そうかなぁ。例えば裏垢のエロ画像で私に興味を持ったどこかの誰かさんだって……」

「すまん、俺もたいがいロクデナシだったな」

「いや、冗談だから、冗談。本気にしないで」

「……ああ」

「ゴホン。まぁ、きっかけとか動機はどんなものでもいいと思うの。告白して、オーケーして、付き合って、仲良くなって……とりあえず順番は置いといて、でも……」

「でも？」

軽やかに笑っていた茉莉花の顔に陰が落ち、瞳が曇る。

ゆるゆると力なく振られた頭に合わせて黒髪が揺れた。

「でも……親しくなればなるほど段々ギクシャクし始めて、『寂しいな』って思い始めて、『マズい、頑張らなきゃ』って焦る頃にはもう手遅れで。男子の方もそーゆー空気を察するんだろーな。勘が鋭いってゆーのは別に女の子の特権ってわけじゃないよ。これ、毎回毎回同じパターンだから、じゃあ私が悪いのかなって。ね、狩谷君はどう思う？」

「どう思うと言われてもな……」

『わからない』と答えるのは簡単だったが、せっかく胸襟を開いてくれた茉莉花をあっさり突き放してしまうのも気が咎める。

「……よし、いいだろう。ひとつ考えてみるか」

自分がいわゆる朴念仁であるという自覚はあった。

恋愛なんて、まるで縁のない未知の領域であることは間違いない。

一方で『狩谷　勉』は全国トップクラスの成績を誇っていることも事実で、現代文や古典でしばしば目にする『登場人物の心情を答えよ』的な読解問題に苦手意識はなかった。

その手の問題の出典は言うまでもなくフィクションだが、教科書や試験に採用されるほどの作品である以上、一般的な感性を持つ多数の人間から賛同を得られる程度には内容にも解答にも説得力があると仮定しても差し支えはなかろう。

ならば、問題を解くときと同様に状況を把握し文脈を整理すれば、論理的に解答を導き出すことが可能なのではないか。

そう思ったのだ。何もしないで首を横に振るのも業腹であった。

顎に手を当てて、すっかり氷が解けてしまったコーラを見つめる。

「まず前提の確認からだ。俺が知っている『立華　茉莉花』という人物は……」

「いいね、狩谷君から見た私。それ、凄く興味あるかも」

身を乗り出してきた茉莉花を余所に、思い浮かんだ言葉を包み隠さず口にする。

「そうだな。立華は何と言っても見た目が優れている。顔もいいし身体もいい」

「身体って……その言い方、なんかエロいね」

「学業、運動ともに優秀で、人付き合いにも隙がない。まさに完璧……」

「おお、さすが私って感じ！　狩谷君ってば、よく見てる！」

声を弾ませる茉莉花に頷き返すことなく、勉は口を閉ざした。

顎を撫で、首を捻り、眉を寄せる。

「違うな。そこまで完璧な人間ではない」

「……無理に粗探ししなくてもいいと思うんだけど？」

「何かにつけて、すぐに俺をからかおうとする。頑固と呆れるほどではないにしても、かなり強情な部分もある。寛容は美点かもしれんが、どうにも行き過ぎに思えてならない」

長所は目に見える部分。

短所は性格に関する部分。

指折り数えてみれば、意外とわかりやすい。

茉莉花の長所と短所をピックアップした上で、勉はさらに首を傾げた。

「しかし……立華の欠点を人づてに聞いたことがないな。おかしな話があったものだ」

「そう？　別におかしくなくない？　狩谷君が穿ち過ぎってことで」

「本当に欠点がないとしたら、交際が上手く行かないと悩まずにすむのではないか？」

「それは……まぁ、ごもっとも」

「男癖が悪いという噂は耳にするが……近寄ってくる連中は噂を承知の上で立華と関わろうとするわけだから、そこは問題にならない」

「うんうん、真正面から私にそれを言った人、狩谷君が初めてだよ」

穏やかならぬ響きを滲ませた声を聞き流し、勉はコーラを口に含んだ。

ともかく喉が水分を欲していた。ついでに糖分もありがたい。

コップをテーブルに置いて、さらに思考を進める。

「欠点……いっそ立華に敵意を持つ人間なら何かボロクソに……」

「ボロクソって、そこまで私に敵意を持ってる人、あんまりいないと思うけど」

「そうか？　この前教室で絡んできたあの……待て。その前に男か。男の方はどうだ？」

「うん、男子？　男子なら余計に私の悪口言うわけ……」

「違う。普通の男子じゃない。立華がこれまで付き合ってきた連中のことだ」

「元カレ？」

「そうだ。立華と密接に関わりながら現在は距離を置いている奴らだ。先ほど聞いた限りでは相当バリエーションにも富んでいる。サンプルとしては申し分ない」

「サンプルって……狩谷君、黒いのが出てるよ」

論理の飛躍は警戒すべきではあるが、茉莉花のことばかり考えていても埒が明きそうにない。ならば別の方向から攻めてみるのもひとつの手だ。

「……とは言え、立華に好意を抱いている点を除けば何も共通項が見当たらないことも事実だ。ひとりひとりを個別に考察する意味は——なさそうだな」

「う～ん、それはどうかな？　てゆーか、私の話ちゃんと聞いてる？」

「別れた男は十人以上。それだけいれば、ひとりぐらいは愚痴なりケチなり付ける奴がいてもおかしくない。様々なタイプの男がいるのなら、なおさらだ」

「……かもね」

横合いから聞こえてきた声に、幾分かの重みを感じた。

茉莉花は矜持から元カレの欠点については口を閉ざしている。

一方で、彼女が交際してきた男の方は、決して清廉潔白な人間ばかりではない。

「身体目当てだったりトロフィー扱いしたり、どれだけ立華が庇おうともロクでもない奴が交じっているのは明らかだ。男としてここは譲れん」

「狩谷君が潔癖すぎる」

「なのに……そんな連中が示し合わせたように別れた女の欠点についてだけダンマリを決め込んでいるなんて、率直に言って違和感しかないぞ」

「……その辺は別に否定しないけど」

気乗りしない様子で同意する茉莉花の声に力はなかった。

罵倒するつもりはなくとも、庇いきれないことは百も承知といった模様。

申し訳ないと思いながらも勉は頷き、諸々の状況を勘案して――再び首を横に振った。

「ならば……いや、ダメだ」

「ダメ？」

「ああ、この線は違う。やはり文句を口にした奴はいない」

「お、断言した」

「立華は良くも悪くも注目の的だ。常に監視されているようなものだ。ノートの件で……あの女子と揉めた時の異常な雰囲気を考慮する必要がある。フラれた男の腹いせなんて格好のネタじゃないか。耳にしたなら面白おかしく吹聴せずにはいられないだろうさ」

「あの子の名前、覚えてないんだね」

「でも、何もない。嫉妬の類はともかく、深刻な悪意を含んだ噂がひとつもないということは、性格に関して悪しざまに罵る人間がいないことの十分な証左と言える。確かに立華は好ましい気質の持ち主ではあるが……やはり不自然だ。何らかの作為を感じるほどに」

「狩谷君、もしかして私に恨みとかあったりする？」

「立華は見た目こそ完璧だが、性格は色々と問題がある。これは間違いない」

ソースは自分。ひと月も経たない間に、心身ともに散々振り回されてきた。

「なのに、立華に関する風評はミスコン優勝みたいな実績に関するものと飛び抜けた外見にまつわるものばかりだ。てっきり俺が噂に疎いだけだと思っていたが……そもそも人格に関する話題が口の端に上っていないとすれば辻褄は合う」

「か、狩谷君。あの、ちょっと……」

顎に手を当てて目を閉じた。思索に耽るなら視界は不要だ。

深く深く、海の底に潜るように論理に身を委ねる。

「噂はない。実態はある。このギャップに理屈をつけるならば……」

「……」

「……知らないから、か？」

「……ッ」

「『立華　茉莉花』という人間、特に内面を知る者は……誰もいない？」

誰も知らないから、噂にならない。

単純明快な回答ではある。

――いやいや、これはない。いくら何でも考えすぎだ。

小さく首を振った。

「高校入学以来、立華は多数の男子と交際を重ねてきた。これは覆しようのない事実だ」

「それは……そうだね」

「ああ。そして……彼氏彼女の関係は、友情――友人関係とは物理的にも精神的にもステージが違う。なのに……今まで付き合ってきた元カレたちが、誰ひとり恋人であった立華の性格をまったく知らないなんて、そんなことが……」

「あ、あのね、狩谷君……」

「恋人という間柄には互いを深く理解し合おうとする性質がある。いくら色恋沙汰に疎い俺でも、それくらいはわかる。だから、交際が上手く行かないということは……関係が深まるほどにギクシャクするということは……意思疎通の過程に問題があるということか？　いや、それは話し合えば済むことだ。だったら……途中で誰かが妨害しているとか？　妨害？　誰が？　何のために？　相手の男は知らんが、ちょっと邪魔された程度で立華がめげるタマか？　しかし、実際に破綻しているという現実はあるから、これは……」

「狩谷君、狩谷君ってば！　ちょっと落ち着こう。ね？」

無辺の暗黒にたゆたう勉の思考が強烈に振動した。

肩に柔らかい感触。掴まれて揺さぶられている。物理的に。

上擦った声と吐息に耳をくすぐられ、半ば無理やり意識が浮上させられる。

閉じていた目蓋を開き、胸の奥に溜まった息を吐く。顔を上げて隣を見やって——

「立華、寒いのか？」

「え？」

茉莉花は両腕（りょううで）で身体をぎゅっと抱きしめていた。

外は暑かったが、まだ五月の下旬（げじゅん）だ。

室内は冷房が効いている。効きすぎかもしれない。

――身体を冷やすのは良くないんだったか？

リモコンに手を伸（の）ばすと、茉莉花は両手を広げてバタバタと振って見せてくる。

慌（あわ）て気味（ぎみ）な上に大げさすぎる。彼女の所作としては似つかわしくなかった。

「ななな、何言ってるの狩谷君。どっちかってゆーと暑いんだけど」

「そうなのか？」

「そうなの！」

否定の言葉に反して、茉莉花の腕には再び白く細い指が強く食（く）い込んでいた。

その姿は、まるで……何かから自らの身を守ろうとしているかのようで。

向けられる瞳（ひとみ）に覚えのない気配を垣間見（かいまみ）た。どうにも距離を感じる。

――警戒されているのか？　なんでだ？

実に不本意な反応だったが、余計なことを考えている暇（ひま）はなかった。

なぜなら――茉莉花が急に間合いを詰めてきたからだ。

「そ、それで狩谷君、何かわかった？」

完全に不意打ちだった。漆黒の瞳が近い。

眼差しを真正面から受けて、勉の口元が強張った。

脳裏をかすめた疑問は形を得ることなく霧散してしまった。

しばしの間、口を閉ざしたまま見つめ合い……諦めて白旗を揚げる。

「……すまん、わからん。やはり俺には荷が重すぎたようだ」

敗北宣言とともに、大きな大きな吐息が口から零れ落ちた。

恋愛経験の不足を論理で埋め合わせるのは無理があったとしか言いようがない。

「そこまでしょげなくっていいし。物は試しって感じで聞いただけだし」

「そうか？」

解を得られなかった勉に対する不満の類は、茉莉花の顔には浮かんでいなかった。

むしろ、僅かに表情が緩んでいるようにさえ見えた。

——気のせいか？

「うんうん……って、私の方は大体そんなところかな。告白したりされたり、私も元カレのみんなもすっっっごい勇気出して頑張ってるんだけど……おかげで先に進んだことって一回もないんだよね」

「先？」

「……え、それ聞いちゃう？　狩谷君のえっち！」

これ見よがしな仕草とからかい混じりの眼差し。声はことさらに軽く響いた。

咄嗟に単語を拾っただけなのにエロ呼ばわりされたことは不本意ではあった。

一方で、茉莉花が見せた反応は、彼女にまつわる重大な事実を示唆していた。

――先って、そういうことだよな……そうか、経験ないのか……

話しぶりや過去の交友関係、エロ自撮りという裏垢の内容を加味すると意外にも感じられるが……勉が接してきた茉莉花はそれだけの人間ではなかった。交際経験は豊富でも性的関係に至ったことがないと言われれば、何とも彼女らしいと納得できた。

『立華　茉莉花』は極端な非常識や無責任に耽る短絡的な人間ではない。

宇宙人でもなければ、作りものじみた世界の住人でもない。

勉と同じ年齢で、同じように思い悩む普通の女の子。

その当たり前な事実に、大きな安堵を覚えた。

「ま、まぁ、こうして男を取っかえ引っかえしている茉莉花さんでした。そりゃ周りからしたら何やってんだって話なんだろーけど、そんなこと言われたって困るし」

「困る？」

「うん。だってさ、わからないじゃない？」

柔らかな声と言葉に合わせて、茉莉花は豊満な胸元に白い手を添えた。

伏せられた瞳には、これまでの男たちとの思い出が映っているのだろう。

切なげで儚げなその姿に勉の胸がギシギシと軋み、抗い難い痛みが生じる。

カラカラに干上がった喉を無理やり震わせて、強張った口で話の先を促した。

話はまだ、終わっていない。

「わからない？」

「上手くいくかどうかなんて、そんなの実際に付き合ってみないとわからないよ」

付き合い始めは興味津々で、相手に対しては寛容で、交際は全身全霊で。

彼氏彼女の関係は心を暖めてくれるし、日々を鮮やかに彩ってくれる。

毎日が楽しいはずなのに……ふとした時に心の中を寂しい風が吹く。

次第にふたりの歯車が噛み合わなくなり、最後には別れてしまう。

原因不明なのに自分が悪いと自虐するほど、何度も繰り返した。

でも——全員が必ず同じ流れに沿うわけではないと思いたい。

「『運命の人』って言い方は大げさすぎるかもしれないけど……どこかに私にピッタリな相手がいるって、きっと会えるって。そう信じたいの……ううん、信じてるの」

だから、試してみなければわからないと自分に言い聞かせて、出会いと別れを繰り返す。

嗤われても、やっかまれても、嫉妬されても、トラブルに巻き込まれても。

それが恋多きカリスマ『立華　茉莉花』の答えだった。

「……そういうものか？」

「そういうものです」

苦笑いで細められた瞳に宿る光は揺れていて。

黒髪を撫でつける白い手は微かに震えていて。

言動と心情が一致していなそうな彼女を見ていると、心臓がぎゅっと締め付けられる。

勉が知る茉莉花は突拍子もない言動が目立つ少女ではあるが、心根はいたって常識的であり良心的ですらある。さして長くもない付き合いであろうとも、デリカシーに欠ける自分であっても、その程度のことは理解できているつもりだった。

目の前の少女は精一杯強がっているだけで、本当は寂しがり屋で……

──寂しがり屋、か。

彼女が口にした自己分析に当てはまるフレーズが、ふいに脳裏をよぎった。

『孤独感』

裏垢について調べている際に目についた単語だった。

茉莉花は自身の言動を客観的に顧みることができる人間だ。

自分がいわゆる『普通』からズレている自覚もありそうに見える。
そんな彼女が何度も異性と交際を繰り返しては、必ず同じ展開で破局してきたのだ。
しかも、破綻の理由が不明となれば……その胸中は如何ばかりか。
普通でない。一般的でない。噛み合わない。
ゆえに、孤独。なぜか、孤独。
『立華　茉莉花』は孤独感に苛まれている。
癒されることのない孤独感が、茉莉花を裏垢に駆り立てる。
彼女にまつわる謎のパズルに、ひとつのピースがピタリと嵌った。
その達成感はあまりに苦々しく不本意で、顔をしかめざるを得なかった。
しかし……『立華　茉莉花』は、安っぽい悲劇に酔う三流ヒロインではない。
悲嘆に暮れようともなお歩みを止めない彼女の言葉には、瞠目すべき部分があった。
――試してみないとわからない、か……
言われてみれば、それはそうだと素直に頷けてしまった。
これは恋愛に限った話でもなく、日常的に当たり前な帰結だった。
何をするにしても、始める前から結果が判明していることなどそうそうない。
「なるほど……それで、今度は俺か？」

「そーゆーこと。狩谷君みたいなタイプは初めてだし、私の表も裏も知ってる人も初めてだし。良くも悪くも今まで付き合ってきた他の男子たちとは色々勝手が違うところはあるけど……うん、私、狩谷君のことかなりすk」

「断る」

被せ気味な勉の返事に、茉莉花の顔から表情が消え落ちた。

何を言われたのか理解を拒否してそうな沈黙が重い。

呆然は一瞬、大粒の黒い瞳が剣呑な光を宿す。

「狩谷君？」

「……待て、俺の話も聞いてほしい」

今にも激発しそうな茉莉花を、慌て気味に手で制した。

「聞くよ。話して」

横合いからの視線が厳しい。珍しいことに、茉莉花の声は硬質な響きを帯びていた。

先ほどまで彼女が纏っていた甘やかな雰囲気は消え去り、代わりに抑えようもない憤怒が今にも溢れ出しそうに見えた。

――これが、最後になるかもしれない。

勉と茉莉花の関係は、概ね良好に推移している。

これからも、そうあってほしいと願う自分がいる。

でも……茉莉花に対しては誠実でありたいと思った。

たとえその誠実が望まない結果を招くことになっても。

断絶に至る可能性を覚悟し、ゆっくりと言葉を紡ぎ出す。

「勘違いをしないでくれ。立華がどうこうと言うわけではなくてな。自慢じゃないが、俺はこれまで女子と付き合ったことがないんだ。仲良くなったことすらほとんどない。いや、まったくないと言ってもいい。立華が告白してくれて嬉しいと思っている。嘘じゃない。そこは信じてほしいんだが……付き合おうと言われても即答できない。期待に応えられるかどうか、どうしても自信が持てない。今みたいな話を聞かされたら……なおさらだ」

一度口を開いたら止まらなくなった。茉莉花はきょとんと眼を丸くしてしまっている。

「……どういうこと？」

「いや、そのままの意味なんだが」

これ以上何を付け加えればいいのか。

正直に言えば、今すぐここから逃げ出したいくらいなのに。

「えっと……女子と付き合った経験がないから、私と付き合う自信がないってこと？」

困惑気味な茉莉花の問いに頷いた。異なる解釈が入る余地はない。

「でも、経験しないと自信なんて持てなくない？　誰とも付き合えなくない？」

「それはまぁ、そうなんだが……」

指で頬を掻きつつ視線を逸らす。

わかっていても第一歩を踏み出すことに慄いている。

何しろ相手は学校のアイドル『立華　茉莉花』であり推し裏垢『ＲＩＫＡ』本人なのだ。

軽い気持ちで試してみてダメでした……で笑って済ませられるものではない。

それでも、勉が落ち込むだけなら『ショックだ。死にたい』とでも呻いていればいい。

――問題は立華だ。

恋愛遍歴を語る口ぶりや仕草の端々に滲み出る強がりな彼女の姿は、バカ正直に解釈すべきものではない。破局を繰り返すことが常態化していようとも、それは失恋に慣れていることを意味しない。

ひとつの恋が終わるたびに、茉莉花は傷ついている……と思った。

恋愛経験ゼロな自分の思慮不足な言動で、彼女は更なる苦しみを重ねるかもしれない。

その可能性を決して低く見積もることはできなくて、なまじ事情を聞き知ってしまったがゆえに、彼女を苦しめる未来予想図が余計に現実味を帯びてしまう。

臆病になってしまうのも無理はないと主張したかった。

もちろん本人を前にしてそこまでは言えない。

勉にだって矜持があるし、茉莉花は憐憫を求める気質ではない。

「う～ん、これは私の勇み足ってことかな？」

「そうなるのか？」

いきなり付き合おうと迫られるわ、これ以上ないほどに情けない告白をさせられるわ。

さらには他人の——同年代の女子の心情を慮るなどと柄にもないことをさせられるわ。

勉の頭脳スペックは、人間関係とりわけ色恋沙汰に関しては旧世代のポンコツレベル。

アップダウンが激しすぎる状況に振り回されて、もはや処理能力の限界を超えていた。

性能不足のガラクタが出力した弁明を咀嚼した茉莉花は、そのまま考え込むこと数秒、

「よし、じゃあ友だち。私たち、友だちから始めようよ」

艶めく唇から、新しい誘いが吹きかけられた。

告白を遮られた茉莉花が提示したセカンドプラン。

それは……ふたりが築く新しい関係性のランクダウン。

恋愛関係な『彼氏彼女』から、友人関係な『友だち』への。

素直に字面だけを追ってみれば残念に思うべき事態に違いない。

しかして彼女の提案は、今の勉にとっては間違いなく福音であった。

――我ながら情けないが……助かった……

見限られてもおかしくないのに、この温情……感謝以外何も考えられない。

引き結んでいた口を開いて、いつの間にか体内に溜まっていた熱を吐き出した。

肌をチリチリと撫でる空気が弛緩し、見慣れない機器が奏でる音が耳に届き始める。

これまでの人生において例を見ないほどの緊張に晒されていたのだと、今さらながらに思い知らされた。

「友だち……友だち、か」

「うん。友だち」

にこやかな笑顔から甘い匂いが漂ってきて鼻先をくすぐってくる。

くれぐれも油断は禁物だった。何しろ相手は魅惑の塊なのだ。

気を抜いていると、たちまち魂を持って行かれそうになる。

反射的に首を縦に振りかけて――ギリギリでストップ。

――バカか、俺は。告白だぞ、告白されたんだぞ！

『何も考えられない』では済まされない。

勇気を出して告白してくれた茉莉花に申し訳が立たない。

いつまでも厚意に甘え続けているようでは、あまりにも不甲斐ない。

茉莉花に応えたい。しかし、流れに任せて頷くだけでは無神経に過ぎる。

ぐっと奥歯を噛み締めて、何度も何度も『友だち』という単語を転がしてみた。

口の中で、頭の中で。

繰り返し、繰り返し。

味わうように、心に刻み付けるように。

――友だち、か。

『狩谷　勉』には友だちと呼べる人間はほとんどいない。

高校二年生になった現段階では軽妙イケメンこと『天草　史郎』ひとりである。

勉と史郎との関わりは表面的なものではないが、親友と呼べるほど深くもない。

両者の距離感は専ら史郎にお任せで、勉からアクションを起こしたことはない。

だから……茉莉花と『友だち』になったところで、上手くいく保証なんてない。

正直に言えば、『彼氏彼女→友だち』であっても、十分すぎる難題だと思えた。

それでも――

「ああ。問題ない。友だちになろう」

不安はあったが、断る理由にはならなかった。

茉莉花を好ましく思っている気持ちに偽りはない。

学校のアイドルとしても、エロ系カリスマ裏垢主としても。

妙な切っ掛けから始まった関係だが、終わらせたいとは思っていない。

『上手くいくかどうかなんて、そんなの実際に付き合ってみないとわからないよ』

我が身に置き換えてみれば、なるほど彼女の言うとおりだと納得できた。

男女交際と友情の違いはあれど、人間関係の一面である点は同じだ。

――やってみないとわからないならば……やってみよう。

これも何かの縁だと思った。

かつて彼女が『縁』という言葉を口にしたときにはピンとこなかったが……事情を知った今となっては、お互いにとって善き縁になってほしいと願わずにはいられなかった。

「良かった。ありがと、狩谷君」

勉の胸の奥で、心臓が不可解な脈動を刻んだ。

微笑む茉莉花に安堵する自分がいた。

微笑む茉莉花に落胆する自分がいた。

どちらも等しく勉の中に存在する感情であり、どちらが本音なのか断言できなかった。『彼氏彼女になろう』と言ってくれた茉莉花に『友だちから始めよう』と引き下がらせたのは、他ならぬ勉自身なのに。

『思い切って踏み込むべきだったのでは？』となじる声が今さら頭の奥から聞こえる。

『これでよかったんだ。段階を踏むべきだ』と弁護する声も頭のどこかから聞こえる。

相反する心の声に翻弄される勉を余所に、再び茉莉花がマイクを握って立ち上がる。

薄暗い室内に際立つ白皙は紅潮し生気がみなぎっていたが、ちらりと覗いた首筋にはびっしりと汗が浮いていた。

コロコロと勉を手のひらで転がしていた（ように見えた）彼女も実は緊張していたのだと、ようやく気付くことができた。

「よし、休憩終わり。ここからまたアゲていくよ！　準備はいい？」

「……ああ」

軽やかな声に頷き返して、マラカスとタンバリンを構える。

再び室内に響き始めた茉莉花の美声は——荒れ狂う心臓の鼓動にかき消されて、ほとんど記憶に残らなかった。

エピローグ

@URAAKASAN

中間考査を終えて学校中に日常が戻ってきた。

しかし、幸か不幸か『狩谷　勉』に平穏は戻ってこなかった。

「おはよう、狩谷君」

朝の昇降口に漂う気だるい空気が、たったのひと言で吹き払われる。

驚愕に身体を震わせた勉が振り向いた先には、眩しい笑顔があった。

さらさらと流れる黒髪と、対照的な白い肌が輝いていた。

問答無用に男の視線をかき集める胸元と、校則違反な丈のスカートから伸びる長い脚。

「……」

何を言われたのかは理解できている。『おはよう』は、ただの朝の挨拶だ。

誰から言われたのかも理解できている。学校のアイドル『立華　茉莉花』だ。

ここがどこかも理解できている。登校してきた生徒たちがひしめき合う昇降口だ。

どうして挨拶されたのかも理解できている。勉と茉莉花は『友だち』だからだ。

ちゃんと理解している。ちゃんと把握している。何ひとつ問題はない。

問題はないはずなのに、どう反応すればいいのか答えが見つからない。

それこそが大問題だった。

「えっと……狩谷君？」

「……」

疑念と不安をミックスした茉莉花の視線に当てられて、勉はそっと眼鏡のフレームを押し上げた。

深呼吸をひとつ、ふたつ。

「お、おはよう、立華」

たどたどしく上擦った声が、我が事ながら嘆かわしい。

同時に周囲がうるさく囀り始める。

『おい、今の見たか？』

『見てないけど、聞こえた』

『マジかよ～』

『ありえね～』

『あのふたり……やっぱり、そういうことなのかね？』

『そりゃそうでしょ。だから教室のど真ん中で派手にやらかしたんでしょ』

『今度は狩谷かぁ』

『即堕ち（そくお）の予感』

『逆でしょ。ガリ勉に色仕掛け（いろじか）とか効かなそう』

『天草君（あまくさ）……私が慰めて（なぐさ）あげるからね』

――やかましい。

他人事だからって、どいつもこいつも好き勝手に言ってくれるものだ。

お前たちには関係ないと一喝（いっかつ）して黙ら（だま）せてやりたかったが、優先すべき相手が他にいることは明白だった。

茉莉花だ。目の前に立つ茉莉花が最優先だ。

先ほどから彼女の視線が気になって仕方がない。

呆れつつも気遣わ（きづか）しげで、からかうようで優し（やさ）げな瞳の輝き。

様々な感情がブレンドされた眼差しに、朝イチで胸のど真ん中を貫か（つらぬ）れる。

恋愛（れんあい）どころか友情すら若葉マークな勉にとって、この奇襲（きしゅう）は難易度が高すぎた。

「たかが挨拶に深呼吸って……まぁ、いっか」

「いいのか？」

別に機嫌を害しているわけではなかったと判明して、思いっきり胸を撫で下ろした。

これなら焦る必要もなさそうだと気を緩めかけて……

「うん。毎日やればすぐ慣れるでしょ」

「ま、毎日だとッ⁉」

ノータイムで前言を撤回させられる。

「当然。毎日顔を合わせるんだから、毎日挨拶する。ほら、ね？」

「ね……って、少しは加減してくれないか？」

「却下。ほ～ら、行こうよ狩谷君」

ポンと肩を叩かれた。

ほんの一瞬の接触に過ぎないのに、制服の布地越しに茉莉花の手のひらから熱を感じた。

驚きのあまり声を失った勉にウインクひとつ残し、当の本人は颯爽と廊下に足を進める。

ロングストレートの黒髪を靡かせる後ろ姿に呆然と見惚れる勉の肩に、再び軽い衝撃が。

今度は何だと振り向けば——見慣れた男の顔があった。

「……天草か。おはよう」

「おはよう、勉さん」

ごく自然に『おはよう』が口から出てきてくれた。

いずれ茉莉花とも気楽に挨拶を交わせるようになるのだろうか？

そんな自分がまったくもって想像できなくて……

──いや、ちょっと待て。昨日までは普通に会話できていたが？

思い至った事実に戦慄した。状況が悪化している。

昨日と今日で何が違う？

『友だち』だ。勉と茉莉花は友だちになった。

『友だち』になったことで、却って距離感がおかしくなっている。

「で、どうなってんの？　ふたり、付き合うことになったとか？」

「……いや、友だちだ。俺と立華は、ただの友だちだ」

史郎の勘違いを訂正しておかねばならぬと強く感じ、二度『友だち』を繰り返した。

ワザとらしく強調した『友だち』という響きは、やけに言い訳めいて聞こえた。

勉の弁明らしきものを聞かされた史郎は、実に味のある顔をして再び肩を叩いてくる。

「おいおい勉さん、しっかりしろ」

「しっかりしろって……何がだ？」

「さっきのお前さんと立華さん、どう見ても友だちって雰囲気じゃねーよ」

「そ、そうなのか？」

友だちのつもりでいたのに、友だちとみなされていない。

かなり深刻な認識のズレが勉と史郎の間に横たわっていた。

一足先に教室に向かう彼女の背に視線を送る。

今日の茉莉花は一段とキラキラ輝いて見える。

今日の茉莉花は一段とウキウキ弾んで見える。

キラキラでウキウキ。

どちらも、どこかで聞いたフレーズだった。

「ま、細かいことは別にいいんじゃね。心配してたけど……勉さん、マジで春が来たな」

「狩谷く～ん、早くしないとチャイム鳴っちゃうよ～」

学校一の美少女が、大きな声で遠くから呼びかけてくる。

周囲の耳目をはばかることなく。

「あ、ああ」

頷きはしたものの、心の中では盛大に首を捻っていた。

――友だちって、なんなんだ？　俺たちは本当に友だちなのか？

疑問は膨らむ一方だったが……何はともあれ、勉もまた大きく足を踏み出した。

立ち止まってる場合じゃないことだけは、色々な意味でハッキリしていたから。

あとがき

はじめまして、『鈴木 えんぺら』と申します。

ウェブで『ふらふらん』と名乗っていた私の小説をお読みいただいていた方は、お久しぶりです。いえ、どちらにしても初めましてでしょうか。

この度は拙作『ガリ勉くんと裏アカさん 1 散々お世話になっている裏垢女子の正体がクラスのアイドルだった件』を手に取っていただき、ありがとうございます。

本作は『小説家になろう』様および『カクヨム』様に掲載しておりました小説が、HJ小説大賞2021前期にて受賞し書籍化の運びとなったものです。

思い返してみれば……ラブコメを書こうと志したきっかけは、ニコニコ生放送の『青春ブタ野郎シリーズ』劇場版公開記念一挙放送で（中略）してクセモノ主人公なガリ勉くんこと『狩谷(かりや) 勉(つとむ)』と一筋縄ではいかないヒロインな裏アカさんこと『立華(たちばな) 茉莉花(まつりか)』の物語が生まれました。

ウェブ掲載時には『これは今まで私が書いてきた小説の中でも間違いなく一番面白い。完璧』と自賛していましたが、いざ改稿作業に入ると足りない部分がここにもそこにもあそこにも……と頭を抱えて七転八倒した果てに大幅な加筆修正を行いました。結果としてウェブ版を既読の方でも楽しめるものになったと再び自賛しております。

それでは謝辞を。

まずは本作に賞を与えてくださったＨＪ文庫編集部のみなさま。

数多ある『小説家になろう』の小説の中から私の小説を選んでいただき、感謝の念に堪えません。

担当編集Ｓ様。

あれやこれやとトラブル続きで困らせてばかりでしたが、あなたが辛抱強く対応・指導してくださったおかげで、無事に出版までたどり着くことができました。

期待に応えることはできたでしょうか？

イラストを担当してくださった『小花雪（こはなゆき）』先生。

担当編集氏を通じてあれやこれやと注文を付けるド素人な新人物書きには過ぎた絵を賜（たまわ）りまして、感謝感激雨あられです。先生の絵を拝見したことで、私の中に存在していた勉や茉莉花の姿が一層色鮮やかになりました。

この物語が実際に書店に並ぶまでにお力添えいただいた数多の方々。

正直に告白すると、書籍化を甘く見ていました。

一冊の本を出版するにあたって、どれほど多くの人的コストや時間が投入されるものなのか、まったく想像できていませんでした。みなさまの仕事に見合うだけの成果を出すことができるか否か不安は尽きませんが、精一杯やったつもりです。

ウェブ投稿時代から私を応援してくださった方たち。

ただひたすらに我が道を往く本作を支持してくれた奇特なあなたたちがいなければ、私はこうしてあとがきを書くことはできなかったと思います。結果はどうあれ今後も好き勝手に小説を書き続けることになるでしょうが、変わらずご愛顧いただければ幸いです。

書店で今この本を手にして後書きからチェックしようとしておられるあなた。

どうかこの『ガリ勉くんと裏アカさん』をお読みください。

いろいろ書きはしましたが謝辞以外はほとんど戯言ですし、そもそも私は自分が小説を読むにあたって作者の事情など一切斟酌しません。どうかお気になさらぬよう。

そして――お読みいただいたみなさま。

いかがでしたでしょうか？

私から感想を強制することはできませんが……この作品を気に入っていただき、購入いただき、あまつさえ応援いただけるのであれば、これ以上の喜びはありません。

あれやこれやと長くなりましたが、本当にありがとうございました。

願わくば、再びお会いできますように！

……ウェブ版をお読みくださっている方は『おい、茉莉花のあのシーンが入ってないんだがァ』とお怒りかもしれません。

すみません。

文庫本一冊であそこまでたどり着くことはできませんでした。

そこも書籍としてお披露目できるよう頑張りたいと思います。

既に本が出てしまったこの状況から何をどう頑張るのかと問われると、私にもよくわかりませんが！

HJ文庫 https://firecross.jp/
1061

ガリ勉くんと裏アカさん 1 散々お世話になっているエロ系裏垢女子の正体がクラスのアイドルだった件

2023年1月1日　初版発行

著者──鈴木えんぺら

発行者―松下大介
発行所―株式会社ホビージャパン

〒151-0053
東京都渋谷区代々木2−15−8
電話　03(5304)7604（編集）
　　　03(5304)9112（営業）

印刷所──大日本印刷株式会社

装丁──coil／株式会社エストール

Printed in Japan

ISBN978-4-7986-3042-7　C0193

ファンレター、作品のご感想
お待ちしております

〒151−0053　東京都渋谷区代々木2−15−8
(株)ホビージャパン HJ文庫編集部 気付
鈴木えんぺら 先生／小花雪 先生

アンケートは
Web上にて
受け付けております

https://questant.jp/q/hjbunko

- 一部対応していない端末があります。
- サイトへのアクセスにかかる通信費はご負担ください。
- 中学生以下の方は、保護者の了承を得てからご回答ください。
- ご回答頂けた方の中から抽選で毎月10名様に、
HJ文庫オリジナルグッズをお贈りいたします。